Pour Killian

24. 08. 13

Le livre secret de Merlin

À Karine, Ébouarn et Loudiern…

B.

Le livre secret de Merlin

Textes de Katherine Quenot
Dessins de Brucero

DRUGSTORE

Préface

À l'aube de notre ère, dans l'île de Bretagne, il fut un homme à la légende si grande qu'il nous paraît encore aujourd'hui familier. Et pourtant, que savons-nous vraiment de lui ?

Enfant prodige, aux pouvoirs surnaturels, devenu conseiller d'Uther Pendragon, c'est auprès de son fils, le roi Arthur, qu'il œuvra à l'unification des peuples bretons en vue de résister aux multiples invasions venues du Nord. Valeureux combattant, il s'illustra dans de féroces batailles, jusqu'à même en perdre la raison.

Sa folie le retira de la société des hommes, et il vécut en ermite parmi les arbres et les êtres de la forêt. De là, au gré de ses métamorphoses, il fut corbeau survolant les plaines, loup noir du fin fond des forêts, saumon remontant la rivière et grand cerf solitaire en Brocéliande.

Revenu à la vie, magicien sage et éclairé, il se servit de son savoir et de ses pouvoirs pour accomplir le destin du peuple de Bretagne et lança les chevaliers de la Table Ronde à la quête du Saint Graal.

Il fut à la croisée des mondes et des âges, des hommes et de la nature.

Son nom est Merlin...

Brucero

I

Merlin, fiche d'identité

Nom : Merlin, Myrddin, Merilun, Merlinus, Merzhin, Ambrosus Lailoken
Profession : prophète et magicien
Deux dates et lieux de naissance :
- Au VIe siècle, à la fin de l'Empire romain, dans les Lowlands, en Écosse ;
- Au XIIe siècle, en île de Bretagne.

MYRDDIN EMRYS

Il est dit que chaque fois que pousse un champignon, naît quelque part dans le monde une version différente de l'histoire de Merlin. Et même dans chacune de ces versions, Merlin est dépeint comme un être paradoxal, né de Dieu et du Diable à la fois, ce qui pourrait être la bonne définition des Esprits de la nature, qui n'ont aucune notion du bien et du mal... Il est vrai que le Merlin que nous connaissons, celui qui lance les chevaliers de la Table Ronde dans la quête du Saint Graal – ce vase dans lequel Joseph d'Arimathie aurait recueilli le sang du Christ – n'est catholique et apostolique qu'en apparence. Les auteurs chrétiens, qui lui ont donné une seconde naissance à l'époque médiévale, n'ont pas réussi tout à fait à dissimuler ses origines païennes. La première fois que Merlin est né, il était celtique et il l'est toujours, si l'on regarde sous le chapeau pointu du vieil Enchanteur. Même l'élément le plus chrétien en apparence – le fameux Saint Graal – n'est autre que le chaudron magique que se disputaient les dieux celtes. De toute façon, Merlin est suspect. Très suspect, même. Suspect par sa naissance (il est le fils d'un démon et d'une vierge) suspect par ses métamorphoses (jeune homme ou vieillard, animal terrestre ou aérien), suspect de toujours revenir dans la forêt après avoir distillé ses conseils et ses prophéties à la société chevaleresque qu'il met en place, suspect par son pouvoir sur la nature (il fait apparaître sources et vergers merveilleux), suspect par sa double connaissance du passé et de l'avenir, suspect par son rire... Et peut-être suspect par-dessus tout de s'être laissé enfermer à jamais, en parfaite connaissance de cause, au fond de la forêt de Brocéliande par la belle Viviane. Mais qui est donc ce Merlin fou des bois, fou d'amour, fou tout court ? Serait-il celui que nous aspirons à être au fond de nous ?

Le nom de Merlin

Le nom même de Merlin n'a pas d'origine clairement définie. Certains la situent à l'époque des druides celtiques. Toujours est-il que Merddin, Myrddin, Merlinus ou encore Merilun désignent le même personnage. Quant au nom de Merlin, il fut adopté plus tard, aux environs du XIIe siècle.

À quoi ressemble Merlin ?

Grâce à son talent de polymorphie, Merlin change si souvent de physionomie qu'il est pratiquement impossible de connaître son aspect physique véritable : on l'a vu en effet sous les traits d'un enfant de quatre ans, d'un vieillard de quatre-vingts ans, d'un mendiant, d'un bûcheron aux cheveux ébouriffés, d'un homme sauvage, parfois encore sous forme d'animal, le merle ou le cerf en particulier. Sa présentation la plus classique est le vieux sage barbu, mais ne nous y fions pas. Merlin est avant tout un être facétieux qui aime déranger et il s'est parfois montré laid à faire peur, comme le raconte

Chrétien de Troyes : « Il avait la tête grosse comme celle d'un veau, les yeux ronds et saillants, la bouche fendue jusqu'aux oreilles, les lèvres épaisses. Il avançait en frappant les chênes à grands coups de sa massue et il menait avec lui, comme un berger son troupeau, une horde de cerfs, de biches et de daims ». En réalité, si Merlin emprunte souvent l'image du vieux sage barbu, c'est seulement pour se conformer à la représentation que nous nous faisons de lui. Nous retrouvons là ce trait caractéristique des fées, qui empruntent leurs formes et leurs vêtements à notre imaginaire dans le but de se faire reconnaître de nous quand elles se rendent visibles.

Le Merlin historique

C'est au VIe siècle que le vrai, l'authentique, l'historique Merlin vint au monde . Il s'appelait Merlinus Aurelius Ambrosius et était de descendance royale. À cette époque, comme le raconte l'historien breton Gildas, ceux que l'on appelait les Bretons du Nord (établis aux frontières actuelles de l'Écosse et de l'Angleterre) étaient constamment attaqués par les Pictes, les Scots et les Saxons, après que les Romains eurent retiré leurs légions de la Britannia (la Grande-Bretagne actuelle), au moment de la chute de l'Empire. Les défaites se succédaient, la peste faisait des ravages et, en désespoir de cause, les Bretons firent appel à un chef d'origine romaine : Merlinus Aurelius Ambrosius. Ce général était un homme courageux et modéré, il exhorta les Bretons à reprendre courage et, dès lors, ceux-ci commencèrent à emporter des victoires, jusqu'à la bataille du Mont Badon qui ramena la paix pendant quarante ans. Le nom de Merlinus Aurelius Ambrosius est demeuré dans les récits des chroniqueurs, jusqu'à se transformer en celui de Merlin.

Carmarthen

Certains prétendent que Merlin est originaire de Carmarthen, au Pays de Galles, un lieu qui vient de Caer Myrddhin, signifiant : « La tour de Merlin ».

Qui étaient les Celtes ?

La dénomination "Celtes" s'applique à des peuples distincts : Gaulois, Gallois, Bretons, Galates, Gaëls. À son apogée, le monde celtique recouvre les trois quarts de l'Europe, dont :
– La péninsule Ibérique, à l'exception du Sud-Est, qui est aux mains des Carthaginois.
– La Gaule, partagée en trois grandes régions : l'Aquitaine, la Celtique (de la Garonne à la région parisienne et de la Méditerranée à la Manche), et la Belgique.
– De vastes régions de l'Allemagne du Sud, de l'Autriche et de la Suisse.
– Les îles Britanniques, Grande-Bretagne et Irlande, que les Celtes ont occupées entièrement depuis les temps les plus reculés de la protohistoire. C'est seulement au Ve et VIe siècles de notre ère que l'invasion des Angles et des Saxons les a repoussés dans les montagnes d'Écosse et du Pays de Galles.

Les Celtes ne se sont pas installés durablement partout. En certains endroits, ils n'ont fait que passer, ou ils ont été absorbés par une autre vague d'invasion. Mais en Europe occidentale leur établissement a été durable, notamment en France et en Grande-Bretagne.

Repères

– Mille ans avant Jésus-Christ, les Celtes s'installent en Britannia.
– En 55-54 avant Jésus-Christ, César envahit la Britannia.
– Les légions romaines quittent le pays en 407.

D'où sont venus les Celtes ?

Les Celtes sont venus vraisemblablement des steppes s'étendant au nord de la mer Noire (aujourd'hui l'Ukraine). Ce peuple était originaire d'Inde et il s'est propagé vers l'Europe de l'Ouest par vagues successives à partir du 2ème millénaire avant notre ère.

Combien de temps a duré le monde celte ?

Il a duré un millénaire sur le continent et presque deux dans les îles Britanniques, en particulier en Irlande.

Druidisme

Plus qu'une religion, le druidisme est le fondement de la vie celtique. Il règle l'ensemble de la société, qui est sous le contrôle intégral des druides.

Règles de vie du guerrier celte

– Si tu veux être digne combattant, montre-toi paisible dans la maison d'un grand. Terrible dans le danger.
– Sans juste motif, ne bats pas ton chien. Sans preuves de sa faute, n'accuse pas ta femme.
– Au combat, ne porte pas la main sur un fou, car il ne sait pas ce qu'il fait.
– Ne médis pas de qui a un nom, ne te bats pas dans une dispute; n'aie rien à faire avec un méchant ou un sot.
– Deux tiers de ta générosité et de ta gentillesse, montre-les à la femme, aux enfants qui rampent sur le sol, aux sages qui construisent les poèmes, ne sois pas rude aux gens de peu.
– Fuis les discours vantards, ne dis pas que tu refuses de céder même dans les choses justes, car c'est une honte de parler raide quand on ne peut ensuite soutenir ses dires.
– Aussi longtemps que tu vis, n'abandonne pas ton maître pour argent ni or, n'abandonne pas qui tu as promis de défendre.
– Ne médis pas des tiens auprès d'un grand, ce n'est pas le fait d'un digne combattant.
– Ne répète pas de mensonges, ne sois ni bavard, ni calomnieur; si brave et puissant sois-tu, n'excite pas les inimitiés.
– Ne fréquente pas les maisons de la bière, ne censure pas les anciens, ne te mêle point aux gens de rien.
– Fais largesse de ta table; que le ladre ne soit jamais ton ami.
– Serre ton vêtement, tiens fermement tes armes jusqu'à ce que le dur combat aux lames étincelantes s'achève.
– Cours la bonne fortune mais néanmoins épouse la noblesse.

Transformation du Merlin historique en figure légendaire

Les premiers poèmes gallois où l'on voit apparaître Merlin sous une figure légendaire le présentent comme un barde au service du seigneur Gwenddolau, puis un autre poème le dépeint comme un chef militaire, et plus tard enfin, au XIIe siècle, la version de Geoffroy de Monmouth le désigne comme le roi d'une petite tribu bretonne. Quel que soit le cas, le personnage devient fou en assistant au massacre de ses amis les plus chers, lors d'une bataille fratricide entre chefs bretons, la bataille d'Arderydd, en 573.

Afallenau

(les pommiers)

Titre du court poème gallois mettant en scène le nommé Myrddin, chef militaire.

Parole de Merlin

« Pendant dix et quarante ans, j'ai tant souffert que maintenant la joie me fait mal. Depuis la bataille d'Arderydd, plus rien ne me touche, même si le ciel tombait ou la mer débordait... »

Merlin, fou des bois

Merlin voit littéralement le « ciel lui tomber sur la tête » et s'enfuit dans la forêt calédonienne où il se met à vivre comme un animal en s'abritant dans le tronc des vieux chênes ou en s'installant sur les branches des arbres, se nourrissant de glands et avec pour seul compagnon un loup. Là, il chante ses souffrances en s'adressant pendant la journée aux sangliers et pendant la nuit aux oiseaux. Mais voilà que – dans la version où Myrddin est roi – son épouse Gwendoloena et sa sœur la reine Gwendyyd, qui a épousé le roi Rydderch, s'inquiètent de sa disparition. Ils envoient alors à sa recherche le barde Taliesin, jadis le compagnon de Merlin, avec pour mission de jouer de la lyre en chantant la tristesse de sa femme et de sa sœur. Touché, Merlin semble oublier sa folie et accepte de revenir à la cour du roi Rydderch.

Malheureusement, dans le tumulte des retrouvailles, il retrouve sa folie et s'enferme dans un mutisme absolu. Pour finir, profitant d'un moment d'inattention, il s'enfuit pour rejoindre la forêt. Son beau-frère se lance à sa poursuite, le rattrape, et lui promet que s'il revient il sera libre de faire tout ce qui lui passera par la tête. Mais Merlin refuse en rétorquant qu'il ne sera bien désormais et jusqu'à la fin de sa vie que dans la forêt avec les bêtes sauvages qui sont ses amis et qui lui obéissent, en particulier les loups. Rydderch fait alors enchaîner Merlin, qu'il ramène de force au palais.

Calédonie

Nom donné par les romains à la région correspondant à l' Écosse actuelle.

Forêt

Quelle que soit la version, quelque soit l'époque, Merlin est toujours attaché à la forêt. Il vit dans les bois, prophétise du haut d'un pommier, commande aux bêtes sauvages. Sa place n'est pas parmi les hommes, tout comme la place du commun des mortels n'est pas dans la forêt, où se réfugiaient au Moyen Âge une foule d'individus pas très recommandables : proscrits, fous, brigands, ermites, lépreux... sans compter les amants. Seules les personnes touchées par l'extase peuvent dépasser l'aspect matériel de la forêt pour accéder à la vérité de ce lieu originel, où la nature élève l'âme jusqu'à la vision divine. La forêt est un Autre Monde, siège de redoutables puissances.

Forêt et inconscient

Emma Jung compare la forêt à la conscience de l'enfant, encore proche de la nature, non corrompue par les hommes : « Par sa vie végétale et animale, sa lumière crépusculaire et son horizon limité, la forêt évoque l'état à peine conscient et proche de la nature de l'enfant. ». Carl Gustav Jung n'hésite pas à dire que Merlin ouvre la porte à une vision nouvelle de l'univers qui réconcilie la conscience et l'inconscient. En entrant dans la forêt, on quitte le monde de l'activité et de l'agitation. C'est une véritable descente en soi-même. Merlin est celui qui nous guide sur cette voie du silence qui nous permettra de renouer avec notre innocence inhérente, de nous retrouver.

La forêt et les Celtes

Il y a une stricte équivalence sémantique, au début de notre ère, entre la forêt et la clairière sacrée, appelée « nemeton ».
Les Celtes ne construisaient pas de lieu sacré. Le seul sanctuaire qu'ils reconnaissaient était la nature.
Ils vénéraient des pierres, des arbres, des clairières sacrées où seuls les druides avaient le droit de pénétrer et où ils officiaient. Le chêne où ils cueillaient le gui symbolise l'axe du monde, entre ciel et terre, et le druide qui y monte est censé occuper le centre de l'univers, ce qui lui procure des visions prophétiques.

Dans l'univers celtique, la forêt est également un lieu de résidence des divinités. Par son séjour dans la forêt, Merlin devient une authentique divinité des bois. D'ailleurs il lui arrive d'utiliser des cerfs comme monture, et durant l'hiver il vit en compagnie d'un loup gris, Bleiz.

Le nemeton

Nem signifie « ciel ». Le nemeton est la projection d'une portion du ciel sur la terre, le ciel étant pris dans le sens « divin ». Le nemeton ou clairière sacrée était le sanctuaire où les druides officiaient. Il se situait au plus profond de la forêt, à l'écart de la population, ce qui rompt avec les usages des peuples indo-européens, romains et chrétiens en particulier. En effet, seuls les prêtres initiés - les druides - pouvaient célébrer le culte, même si c'était au nom de toute la collectivité. On choisissait de préférence les nemetons qui étaient peuplés de chênes. Plus tard, le nemeton a évolué pour devenir un enclos, de forme généralement quadrangulaire, comprenant des édifices en bois et un puits à offrandes.

Quelques nemetons connus

– Dans la forêt de Brocéliande, près de Paimpont.
– Dans le centre de la France, en Beauce.
– Dans la forêt des Carnutes, considérée comme le nombril de la Gaule, Chartres en étant la capitale spirituelle. Une fois l'an, les druides présidaient aux assemblées solennelles de toutes les peuplades celtiques dans le pays des Carnutes.
– Dans la forêt d'Orléans.
– À la Roche-Corneil, au Puy-en-Velay.
– Au Mont Phœbus, à Bayeux.
– À Toulouse.
– À Rocamadour.
– À Gergovie.
– Dans les Ardennes.

Nemessos

Nom de l'antique cité de Clermont-Ferrand, signifiant « Clairière sacrée ».

Gui et potion magique

Dans la région de Vannes, en Bretagne, au XVIIIe siècle, on utilisait la périphrase « deur derhue », c'est-à-dire « eau de chêne » pour désigner le gui. Le gui se fixe sur les végétaux, dont il prend la sève. En ce sens, on peut dire qu'il manifeste l'énergie du chêne, qui est une énergie cosmique et divine. Pline affirme que les druides fabriquaient une potion magique avec le gui. L'idéal était de trouver du gui sur un chêne, mais d'autres arbres étaient considérés symboliquement comme des chênes. En cueillant le gui, on recueillait l'énergie divine.

Si le gui a été sacralisé, il y était prédestiné : il pousse la tête en bas, sa tigelle principale se dirige toujours du côté opposé à la lumière, il fleurit en hiver et reste toujours vert et vivant, même quand les arbres qui le portent semblent morts. Les Celtes croyaient que le gui était véhiculé par des oiseaux divins, ce qui est proche de la vérité, puisque ce sont les grives gourmandes qui, en se gavant de baies qu'elles régurgitent sur les branches des arbres, entraînent la prolifération du gui.

La cueillette du gui avait lieu de préférence la nuit, le sixième jour de la lune qui suit le solstice d'hiver. Les branches de gui tombaient dans des toiles immaculées, tendues sous l'arbre. Après la cueillette, les druides distribuaient quelques branches de la plante sacrée aux chefs gaulois, afin de les préserver le plus longtemps possible de la mort et leur assurer la chance dans toutes leurs entreprises.

L'arbre

De tout temps, la science et la connaissance ont été liées à l'arbre. D'ailleurs, dans toutes les langues celtiques, le même mot signifie « connaissance » et « arbre » : « vidu », en irlandais, « Gwidd » en gallois, «gwerz » en breton. De fait, les druides enseignaient leurs disciplines au milieu des arbres, dans le nemeton. L'arbre représente le cosmos à lui tout seul : ses racines symbolisent le passé, son tronc et ses branches le présent, et ses feuilles l'avenir. On peut dire aussi qu'il est un intermédiaire entre la terre où il plonge ses racines, et le ciel qu'il rejoint de sa cime. Quand on monte sur un arbre, on accède à une position privilégiée, qui met en contact l'homme avec le divin. Il existe bien des récits où le héros apprend des choses surprenantes alors qu'il est juché sur un arbre.

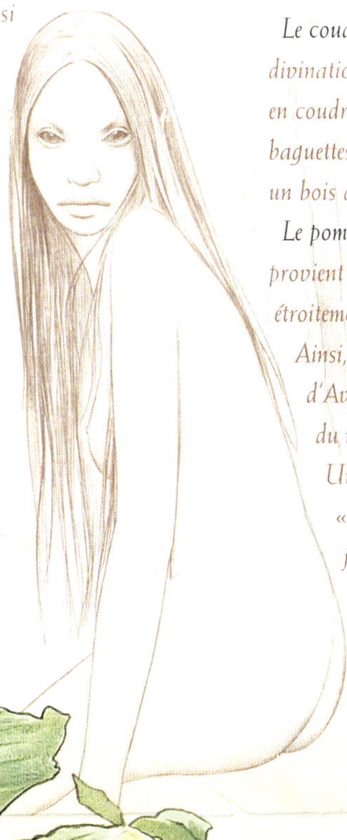

Certains arbres sont plus divins que les autres

Le chêne : toute la puissance divine qui circule entre la terre et le ciel s'y concentre. C'est l'Arbre Cosmique des druides, qui leur apporte la sagesse et la force et sous lequel ils rendaient leurs oracles.

L'if : les druides en faisaient leurs baguettes magiques.

Le sorbier : il était utilisé dans les incantations magiques.

Le coudrier-noisetier : c'est l'arbre de la connaissance et de la divination chez les Celtes. Les baguettes magiques étaient aussi en coudrier, avec un serpent sculpté sur l'écorce. Plus tard, les baguettes des sorciers de village furent exclusivement en coudrier, un bois qui avait également la réputation d'éloigner les démons.

Le pommier : l'association de Merlin avec les pommiers provient de la mythologie celtique, où les pommiers sont étroitement liés au thème de la magie et à l'Autre Monde. Ainsi, on trouve en abondance des pommiers sur l'île merveilleuse d'Avalon et c'est aussi du haut d'un pommier, comme du centre du monde, que Merlin prophétise et compose ses poèmes. Un de ceux-ci chante son amour des pommiers :

« Ô pommier, doux et cher arbre, je suis tout inquiet pour toi ;
je tremble que les bûcherons ne viennent, et ne creusent
autour de ta racine et ne corrompent ta sève,
et que tu ne puisses plus porter de fruits à l'avenir ».

Pour mieux assurer leur implantation, les chrétiens ont fait du pommier l'arbre de la connaissance du jardin d'Eden.

La pomme rend fou

La pomme rend fou. Du moins momentanément, car elle représente la prise de conscience rapide, l'éveil, comme le raconte Merlin lui-même : « Un jour que nous chassions, nous arrivâmes près d'un chêne aux rameaux touffus. À ses pieds coulait une fontaine bordée d'un gazon vert. Nous nous assîmes pour boire. Or, il y avait çà et là, parmi les herbes tendres, des pommes odorantes au bord du ruisseau. Je les partageai entre mes compagnons, qui les dévorèrent ; mais aussitôt ils perdent la raison, ils frémissent, ils écument, ils se roulent furieux à terre, et s'enfuient, chacun de son côté, comme des loups, en remplissant l'air de déplorables hurlements. »

Ayant traversé la folie, les compagnons de Merlin atteindront l'éveil. C'était l'étape nécessaire pour perdre leurs repères habituels.

Plantes divines

Le buis : *c'était un symbole d'immortalité pour les Gaulois et il l'est devenu pour les chrétiens. Pour placer un foyer sous la protection du Christ, il faut faire bénir un rameau de buis à la fête des Rameaux et le placer sur un crucifix.*

L'aubépine : *on affirme que la foudre épargne la maison ornée d'aubépine. Les fées aiment particulièrement l'aubépine et si on leur tresse une couronne qui leur est destinée, elles répandront en remerciement leurs bienfaits sur les moissons.*

La verveine : *avant le sacrifice au dieu Esus, les druides lavaient les autels avec une infusion de fleurs de verveine, que les druidesses avaient coupées cérémonieusement sous les rayons de la lune, à l'aide d'une faucille d'or.*

Le millepertuis : *c'est l'herbe aux fées, que celles-ci distribuent généreusement sur les talus, au bord des chemins. Les onguents de millepertuis combattent les rhumatismes et guérissent les brûlures et les plaies de toutes sortes.*

Le symbolisme de la pomme

Si manger la pomme conduit à la folie, puis à l'éveil, c'est que c'est un fruit de science, de magie et de révélation. On ne saurait s'en étonner, car au centre de la pomme se trouve une étoile à cinq branches, formée par les alvéoles qui renferment les pépins. Le symbolisme de cette étoile à cinq branches est multiple. Cinq est le nombre des dieux fondamentaux du panthéon celtique, formé par Lug (lumineux), le dieu suprême, et les quatre autres dieux principaux : Dagda, Nuada, Diancecht et Brigit. Par ailleurs, le nombre cinq est, d'une part, la somme du premier nombre pair et du premier nombre impair, d'autre part le milieu des neuf premiers nombres. Nombre du centre, il est signe d'union, d'harmonie et d'équilibre. Il est également le symbole de l'homme qui, bras écartés, paraît disposé en cinq parties en forme de croix, symbole de l'univers, avec un axe vertical et un axe horizontal passant par le même centre. Cinq est donc le symbole de l'ordre et de la perfection, et finalement de la volonté divine qui ne peut désirer que l'ordre et la perfection.

Merlin prophète

Revenu à la cour de son beau-frère, Merlin s'enferme de nouveau dans un mutisme absolu, assistant aux fêtes et banquets sans desserrer les dents et les yeux dans le lointain, sauf quand il se met à jeter un regard perçant sur certaines personnes, qui se sentent alors sondées jusqu'au fond de leur âme. Jusqu'au jour où, devant Merlin, le roi enlève tendrement des cheveux de sa femme une feuille sèche accrochée dans ses cheveux. Soudain, le fou des bois éclate d'un rire dément. Sommé de s'expliquer, il refuse de répondre. En désespoir de cause, Rydderch lui promet qu'il le remettra en liberté s'il lui avoue la raison de son rire.

Satisfait, Merlin entraîne alors le roi et la reine à l'écart et leur déclare que la feuille que Rydderch a retirée de la chevelure de sa femme vient d'un arbre sous lequel Gwendyyd se trouvait il y a peu en compagnie de son amant. Fou de rage, Rydderch ne croit pas un mot de cette histoire, d'ailleurs contredite par sa femme, et il somme Merlin de faire la preuve de ses talents de prédicateur. Pour cela, il lui présente un enfant en lui demandant de dire de quelle manière il mourra. Merlin affirme que l'enfant mourra d'une chute. Le roi lui présente alors un autre enfant, qui n'est autre que le premier, mais maquillé et déguisé, et repose sa question. Merlin répond que l'enfant mourra dans une rivière. Le roi recommence une troisième fois et Merlin déclare que l'enfant mourra accroché à un arbre. Le roi est satisfait : preuve est faite que les prédictions de Merlin ne valent rien. Cependant, il est obligé de tenir sa promesse et de relâcher son beau-frère, qui retourne avec empressement dans sa chère forêt. Quelques jours plus tard, on apprend que l'enfant en question vient de mourir. Il est tombé dans un précipice en poursuivant un cerf, s'est écrasé dans une rivière où il s'est noyé, puis il a dérivé jusqu'à ce que son corps reste accroché par le pied à la branche d'un arbre : exactement les trois morts décrites par Merlin.

Le rire de Merlin

De retour dans la forêt, Merlin lit dans les astres que sa propre femme va se remarier, comme il lui en avait d'ailleurs donné l'autorisation. Enfourchant alors un cerf blanc, il galope jusqu'au futur époux et, détachant un bois du cerf, il le lance vers lui et lui brise le crâne. Les serviteurs

de Rydderch s'emparent de lui et le ramènent au palais. Mais Merlin sombre dans la mélancolie, à tel point que pris de compassion, son beau-frère l'emmène se promener à travers la ville pour le distraire. Et là, par deux fois, le rire dément de Merlin éclate à nouveau. Une première fois devant un mendiant, une deuxième quand il rencontre un jeune homme en train de s'acheter des chaussures neuves. Si Merlin rit, c'est qu'il sait que le mendiant est assis sur un trésor et que le jeune homme va mourir dans les heures qui suivent. Après avoir troqué une fois de plus sa liberté contre l'explication de son rire, Merlin repart dans la forêt qu'il ne quittera plus désormais. Le rire de Merlin repose sur sa connaissance des relations invisibles...

Astrologie et savoir absolu de l'inconscient

Merlin consacre les dernières années de sa vie à l'observation des étoiles qui, de tout temps, et en particulier chez les druides, ont été les messagères du destin et de l'avenir. « Par son étrange vie dans son observatoire au milieu de la forêt, écrit Emma Jung, Merlin s'est en quelque sorte fondu dans l' « unus mundus », en union avec l'origine de la vie cosmique et psychique. Cette unité transparaît le plus clairement à travers les phénomènes synchronistiques auxquels appartiennent sans doute les coïncidences astrologiques. En les observant, notre compréhension entre parfois en contact avec le «savoir absolu » de l'inconscient ».

Inceste sacré

Dans le poème des Pommiers, Merlin chante sa tristesse d'être délaissé par sa sœur : « Gwendyyd ne m'aime plus et ne vient plus me voir ». Tout laisse à penser que le grand amour de Merlin n'est pas sa femme mais sa sœur et que leurs rapports sont incestueux. D'ailleurs, Gwendyyd décide de vivre définitivement avec son frère dans la forêt. Elle va prophétiser à son tour, et même mieux que Merlin, à tel point que celui-ci décide de lui laisser sa place. Gwendyyd régnera en maîtresse absolue du domaine forestier qu'elle a fait construire. Ce cas d'inceste fraternel entre dans le cadre d'un hiérogame, c'est-à-dire une union sacrée. Plus tard, avec les auteurs chrétiens, cet aspect de l'histoire de Merlin sera soigneusement gommé et Gwenddyd transformée en Viviane, qui n'a aucun rapport de parenté avec Merlin. Mais, comme dans l'histoire première, Merlin finit sous la coupe de Viviane qui l'enserre à jamais dans une prison d'air au sein de la forêt de Brocéliande.

Notons que l'inceste fraternel est interdit au commun des mortels, mais qu'il est très courant dans toutes les mythologies (et même dans certaines civilisations, comme celle des Égyptiens, dont les Pharaons épousaient obligatoirement leur sœur), car c'est l'image du hiérogame parfait, avec une union entre deux êtres qui ont une naissance identique. Nous retrouvons là le thème de l'Androgyne primitif, qui s'est vu séparé en deux quand l'espèce est devenue sexuée, et qui ne rêve que de réunir ses deux moitiés – mâle et femelle – pour retrouver l'état primordial.

Hiérogamie

La hiérogamie (du grec hieros : saint et gamos : mariage) fait référence à une union sacrée entre deux divinités, ou entre un dieu et un homme ou une femme. C'est une union symbolique et rituelle. Dans le Nord de l'Ulster, au moment de l'intronisation du roi, celui-ci devait, devant l'assemblée entière, copuler avec une jument blanche. Il s'agissait d'assurer la fécondité par un hiérogame, et ce hiérogame devait être consommé comme n'importe quel mariage pour être validé. Ces rites rendent compte de l'importance du roi dans la fécondité du royaume. Ils ont existé toutefois plus fréquemment sous une forme plus sobre, comme la remise au nouveau roi d'une baguette blanche, symbole phallique.

Merlin guérit de sa folie

C'est en buvant l'eau d'une source récemment apparue que Merlin recouvre subitement sa raison. Puis, un autre fou du nom de Maledin survient, auquel Merlin fait boire l'eau de la source, à la suite de quoi il recouvre lui aussi la raison.

Merlin et sa chère sœur

Gwendyyd, qui ne semble pas en vouloir à Merlin de l'avoir dénoncée (peut-être parce que l'amant en question était Merlin lui-même, prétendent certains), obtient de son frère qu'il consente à un peu plus de confort dans la forêt. Elle lui fait donc construire un groupe de maisons, dont elle s'en réserve une pour son usage personnel. La maison de Merlin se trouve un peu à l'écart des autres. Elle est dotée de soixante-dix portes et soixante-dix fenêtres, afin de permettre au fou des bois d'observer les astres dans les meilleures conditions. Mais Merlin n'habitera sa maison que pendant les mois d'hiver. L'été, il le passera dans les bois, en compagnie d'un loup gris. Quand elle rend visite à son frère, Gwendyyd amène avec elle le barde Taliesin, ainsi que soixante-dix scribes qui recueillent les prophéties de Merlin sur l'avenir de la Bretagne. Maledin – le fou redevenu sain d'esprit – reste également avec Merlin, et les quatre compagnons demeurent désormais dans la forêt.

Vertu curative des fontaines et des sources

Le culte des fontaines et des sources est resté très vivace dans tous les pays d'origine celtique, en Bretagne tout particulièrement, bien que l'on ait remplacé les noms des fées par celui de la Sainte Vierge ou de quelque autre sainte, telle sainte Anne. On attribue à nombre de ces sources des vertus curatives.

« La Vérité repose au fond du puits »

Cet adage vient de l'habitude qu'avaient les anciens druides d'observer le passage des étoiles dans le ciel depuis le bas d'une cheminée creusée dans le sol.

Merlin et Taliesin

Le Combat des Arbres

Un poème attribué à Taliesin parle du mythe fondamental de la tradition celtique, celui du « Combat des Arbres ». Il y est question d'une gigantesque bataille qui eut lieu entre les Bretons de Grande-Bretagne et des ennemis inconnus. Les Bretons étaient menacés de déroute, quand ils revêtirent la forme d'arbres, grâce à un héros gallois appelé Gwyddon, à la suite de quoi ils vainquirent définitivement leurs adversaires.

Taliesin est un personnage complexe : à la fois historique, puisqu'il était barde domestique du roi Uryen de Rheged, dans le Nord de l'Angleterre, et héros important de la mythologie celtique, sans compter qu'il n'est pas toujours facile de le différencier de Merlin. En effet, comme celle de Merlin, sa légende s'est bâtie au VIe siècle et elle a pris un nouvel essor à l'époque médiévale. Taliesin est le compagnon de Merlin, plus exactement son barde, mais on voit aussi souvent Merlin avec une harpe. Ce personnage serait-il une facette supplémentaire de notre héros protéiforme ? La légende fait de Taliesin le chef des bardes de Bretagne, un titre qui fut aussi décerné à Merlin... Et, comme nous le verrons plus tard, un autre point commun rapproche Merlin de Taliesin : ce sont tous deux des enfants sans père, puisque Taliesin s'est conçu lui-même dans le corps de Keridwen, qui est une représentation de la déesse-mère. Toujours est-il que – facette ou personnage à part entière – Taliesin est un barde qui passa un certain nombre d'années de sa vie à s'instruire en Armorique des phénomènes du vent et des nuages, et il eut également le privilège de se rendre sur la fameuse île d'Avalon, gouvernée par la fée Morgane. Après quoi il rejoignit Merlin dans sa forêt, en compagnie de Gwendyyd. On attribue à Taliesin un recueil de poèmes manuscrits du XIIe siècle, « Le livre de Taliesin », mais dont la composition serait contemporaine du personnage historique du VIe siècle. Taliesin est le barde de la tradition druidique, celui qui chante la philosophie de Merlin, où l'homme se fond dans le monde, comme on peut le lire dans ce poème :

« *J'ai été une étoile scintillante. J'ai été un mot dans un livre. J'ai même été un livre, au début. J'ai été une lumière dans une lanterne, une année et demie. J'ai été un pont enjambant trois vingtaines de fleuves. J'ai voyagé tel un aigle. J'ai été un bateau sur la mer. J'ai été un chef de guerre. J'ai été le cordon d'un lange d'enfant. J'ai été une épée dans la main. J'ai été un bouclier dans la bataille. J'ai été la corde d'une harpe retenue par un enchantement pour une année au fond de l'eau écumante. J'ai été un tisonnier dans le feu. J'ai été un arbre dans un fourré. Il n'y a rien que je n'aie été.* »

Extrait de « Cad Goddeu » (Le Combat des Arbres), poème gallois de Taliesin.

Autre version du Merlin celtique

Cette version se trouve dans un manuscrit de la fin du XVe, dans une histoire intitulée Lailoken et Kentigern. Kentigern – un saint – rencontre un certain Lailoken (appelé aussi Merlynum ou Merlin) qui vit tout nu dans les bois en compagnie des bêtes sauvages. Celui-ci déclare que c'est sa punition pour avoir causé la mort de toutes les personnes tuées pendant la bataille « en la plaine entre Liddel et Carwannok », au cours de laquelle il a vu le ciel s'ouvrir et une voix lui dire qu'il devrait vivre jusqu'à sa mort au milieu des bêtes des bois. Finalement, Lailoken demande à Saint-Kentigern de lui administrer les derniers sacrements en

Merlin, la forêt et la clairière

Après chacune de ses apparitions à la cour du roi Arthur, Merlin revient invariablement à la forêt, sa résidence principale. C'est là qu'il se retirera définitivement du monde, avec sa sœur ou avec Viviane, et ceci dans un espace bien délimité, qui correspond au « nemeton » celtique.

prophétisant qu'il va mourir bientôt d'une triple mort. Le saint exauce le souhait du fou sans croire à cette prédiction saugrenue, mais voilà que quelque temps après, la prophétie de Lailoken se réalise : les bergers du roi Meldred le capturent et le frappent à coups de bâton, avant de le jeter dans la rivière, où son corps est finalement transpercé par un pieu.

La folie de Merlin : folie ou éveil spirituel ?

Le thème de la folie chez Merlin n'est pas une banale anecdote, il est central. On le retrouve dans toutes les versions de Merlin : aussi bien celle du chef militaire, du barde ou du roi qui s'enfuit dans les bois, que celle de l'Enchanteur qui se laisse enfermer à jamais par la femme qu'il aime.
Merlin est vraiment fou. Il pourrait vivre dans un château : il vit dans la forêt. Il a une femme : il préfère sa sœur. Il a des pouvoirs supérieurs à Viviane, son élève : il la laisse l'enfermer à jamais !
Pourquoi Merlin se conduit-il ainsi ?
C'est un fait que Merlin se moque éperdument de la morale, des coutumes et de son confort. Mais cette folie va de pair avec la faculté de prophétiser. Merlin n'est tout simplement plus dans un état de conscience ordinaire. Il n'est plus cantonné dans notre présent limité, sa conscience s'étend dans les deux sens : aussi bien le passé que le futur. C'est la même chose au niveau de l'espace : Merlin est là, ailleurs, partout. Il sait ce qui l'attend et ce qui nous attend... et aussi que l'on n'échappe pas à son destin. Même quand il met en place le royaume d'Arthur, il n'ignore pas que celui-ci est destiné un jour à disparaître, comme toute chose.
Merlin n'est donc pas fou au sens ordinaire du terme. Un proverbe dit que « folie aux yeux des hommes est sagesse aux yeux de Dieu », et d'ailleurs certains peuples voient dans la folie de leur chaman un contact privilégié avec le monde des esprits. Ils distinguent cette folie des troubles mentaux par le fait que le chaman est en mesure de se guérir de sa souffrance, pas le malade mental. De même, la « folie de Merlin » est le fait d'une conscience qui se retrouve violemment éclairée. Il est en état d'extase, inspiré des dieux.
Pourtant, par rapport à la société humaine, Merlin est bel et bien fou. Il dérange. Ce qui est normal, car le divin, par définition, n'est pas à la portée des humains. Mais ce faisant, le fou aura une action sur la société humaine : il bousculera l'ordonnancement apparent du monde en obligeant les hommes à le remettre en question. Le fou sait ce que les autres ne savent pas, comme le symbolise la carte du tarot où on le voit la tête en bas. Quand on a la tête en bas, on voit des choses très différentes... qui peuvent se révéler très utiles.

Prophéties de Merlin

« Les prophéties de Myrddin » sont des œuvres galloises attribuées à Merlin et prédisant la victoire de tous les peuples celtes de Grande-Bretagne qui se réuniraient pour mettre dehors les Anglais et ensuite les Normands.

Mythe ou réalité ?

Dans la civilisation celtique tout se passe sur le plan du mythe, de sorte que la distinction entre l'humain et le divin, le mythe ou la réalité, perd son intérêt.

II

Seconde naissance de Merlin au XIIe siècle

Transformation du fou des bois en Enchanteur Merlin

Cette transformation a été faite par Geoffroy de Monmouth, celui-là même qui avait puisé dans les vieux écrits celtiques pour faire de Merlin un roi devenu fou. Quelques années plus tard, sous sa plume, Merlin perd son caractère d'homme sauvage pour entrer dans la société policée et chrétienne des chevaliers de la Table Ronde. C'est par les prophéties de Merlin concernant l'avenir de la Bretagne que Geoffroy de Monmouth établit une continuité entre l'époque celtique et l'époque médiévale.

Chrétien de Troyes

C'est en France, avec Chrétien de Troyes (1165-1190), que le roman arthurien connaît son premier développement hors de Grande-Bretagne. Mais ne nous y trompons pas : malgré son pseudonyme, Chrétien de Troyes n'est pas le responsable de la christianisation des romans de la Table Ronde. C'est Robert de Boron, un peu plus tard, qui va donner des contes du Graal une interprétation résolument religieuse. À partir de ce moment, Merlin n'est plus qu'un représentant de Dieu sur terre et les chevaliers deviennent des héros chrétiens, ce qui n'est pas sans poser quelques problèmes, car la pureté sexuelle devient obligatoire pour la réussite de la quête du Graal.
À tel point que la cour du roi Arthur devient incapable de s'élever vers les sphères spirituelles. C'est ainsi que Lancelot, le « meilleur chevalier du monde » , héros grandiose chez Chrétien de Troyes, ne peut plus prétendre trouver le Graal chez ses continuateurs, puisqu'il commet l'adultère avec Guenièvre. Et il entraîne dans sa chute toute la cour du roi Arthur. De son côté, Gauvain devient également un réprouvé et Perceval est supplanté par Galaad, le chevalier chaste et vierge, le seul apte à contempler le Graal. Mais ce personnage apparaît si tardivement dans l'historique du cycle qu'il en paraît surajouté. Quant à Arthur, il est tout à fait conscient du danger que constitue cette fameuse quête du Graal, puisqu'il est fait mention de son désespoir quand tous ses chevaliers jurent de consacrer un an et un jour à cette aventure mystique. On est bien loin de Chrétien de Troyes, qui célébra l'amour entre Lancelot et Guenièvre jusque dans ses aspects charnels...

Où est né le Merlin médiéval ?

En Bretagne, bien entendu. Mais en ce temps-là, la Bretagne s'étendait de chaque côté de la Manche et les relations étaient très étroites entre les deux contrées. Merlin, tout comme les chevaliers de la Table Ronde et la fée Morgane, faisait fréquemment des traversées en bateau (ou sous forme d'oiseau, dans le cas de Merlin et de la fée Morgane), afin de se rendre d'un côté à l'autre. D'ailleurs, la langue bretonne n'était qu'une variante de la langue galloise.
Il y avait donc d'une part l'Armorique, nommée Petite-Bretagne (ou encore Bretagne bleue) et la Grande-Bretagne. Cette Petite-Bretagne était devenue le refuge de nombreux Bretons de Grande-Bretagne qui fuyaient l'invasion des Angles et des Saxons. Bien qu'incluse dans la Gaule, la Petite-Bretagne était indépendante et se composait de petites souverainetés héréditaires. Et c'est là que la légende rejoint l'histoire : au VIe siècle, ces petits souverains de Bretagne (Ban de Bénoïc, Bohor de

Gannes, Claudias de la Terre Déserte...) élirent un roi pour prendre la tête de la résistance des Celtes des deux Bretagne contre l'envahisseur anglo-saxon. Ce roi se nommait Artus et il mena les Celtes à la victoire. Et c'est ainsi que la Grande-Bretagne et la Petite-Bretagne devinrent un seul et même royaume mythique et que, quelques siècles plus tard (au XIIe siècle) on se mit à raconter les exploits légendaires d'un certain roi Arthur et de ses chevaliers de la Table Ronde.

Le père de Merlin

Alors que l'on ignore tout de l'enfance du Merlin du VIe siècle, son curriculum vitae est beaucoup plus précis à l'époque médiévale. Autant le dire tout de suite, ce sont les démons qui sont à l'origine de la naissance médiévale de Merlin. En effet, à cette époque, ceux-ci tinrent conseil pour savoir comment faire revenir les hommes en enfer, et ils décidèrent pour cela d'envoyer leur propre prophète sur terre pour détruire l'œuvre du Christ. L'un des démons, le seul à posséder le pouvoir de prendre une apparence humaine, est chargé d'exécuter cette tâche. Il devra engendrer un Fils qui sera la contrepartie du fils de Dieu.
Si l'on y regarde bien, ce sont les mystiques chrétiens qui parlent de démons. Car il ne s'agit pas vraiment de démons en réalité, mais plutôt des anciens Dieux, ces esprits de la nature, et plus particulièrement du dieu à bois de cerf, Cernunos. D'ailleurs, le Diable a souvent pris la figure de Cernunos dans l'imagerie médiévale.
Le cerf est un des éléments clés qui relient le Merlin médiéval au Merlin celtique.

Le cerf

Le cerf est un élément symbolique central chez les Celtes, en tant qu'animal à mi-chemin entre le monde terrestre et le monde divin, et symbole de longévité et d'abondance. Par sa haute ramure, qui se renouvelle périodiquement, il est souvent comparé à l'arbre de vie. C'est pourquoi Merlin, sous l'aspect d'un cerf, exprime la jeunesse éternelle de l'esprit, et donc la sagesse, grâce à cette dimension de fraîcheur jamais corrompue. Les Gaulois employaient de nombreux talismans en bois de cerf et, en Suisse allemande, on a trouvé des tombes contenant des ensevelissements de cerfs à côté des chevaux et des hommes. Le cerf semble avoir joué aussi un rôle psychopompe chez les Celtes : l'oncle d'Iseult, tué par Tristan, est dépeint gisant mort, cousu dans une peau de cerf.
Mais l'image du cerf a été reprise dans la tradition chrétienne médiévale, représentant le Christ lui-même. En sa qualité d'animal divin, il symbolise l'instinct qui pousse l'humain à se réaliser, car il possède tout ce qui fait défaut à la conscience pour élever l'esprit et le conduire vers la Connaissance. Dans la légende de Saint Hubert, le cerf symbolise la partie animale du Christ, ce qui montre bien que toutes les traditions parlent de cette nécessité de réaliser l'Unité totale de son être.

Religion gauloise

Elle n'est pas une religion philosophique avec une vision grandiose de la destinée de l'homme et du monde, mais plutôt une religion très proche de la nature. Contrairement au panthéon grec, le panthéon gaulois n'est pas hiérarchisé, chaque tribu ayant ses propres dieux tutélaires. Et les divinités n'ont généralement pas de forme humaine.

Cernunos

C'est le dieu gaulois à bois de cerf, qui symbolise la fécondité et la prospérité. Son nom signifie « le bel encorné » ou « celui qui a le crâne comme celui d'un cerf ». Cette divinité gauloise est représentée sur le célèbre chaudron de Gunderstrip, assise dans la posture bouddhique, un torque (collier métallique gaulois) dans une main, un serpent dans l'autre, et entourée d'animaux les plus divers. Cernunos renvoie directement au dieu celtique Odhin, qui porte sur le front deux bois de cerf. Les druides portaient souvent des peaux de bêtes avec des coiffures ornées de cornes.

La mère de Merlin

À l'instar de la Vierge Marie, une pure jeune femme est élue pour être la mère du futur Antéchrist. Mais le démon devra attendre longtemps une occasion propice, car sur les conseils de Blaise, son confesseur, la jeune femme laisse toujours une lumière allumée dans sa chambre la nuit, vu que les démons ont horreur de la lumière. Malheureusement, la dormeuse oublie un jour cette sage précaution, bonne aubaine pour le démon, qui réussit à se faufiler auprès d'elle et à accomplir son œuvre. Le lendemain, la jeune femme prend conscience d'avoir été trompée par un démon. Désespérée, elle va trouver son confesseur qui, sans perdre un instant, fait le signe de croix sur elle et l'asperge d'eau bénite qu'il lui donne également à boire. De plus, en guise de pénitence, elle devra observer la chasteté durant le reste de sa vie. L'exorcisme est une réussite : le pouvoir du démon est brisé.

Un bébé poilu et savant

Lorsque l'état de grossesse de la jeune femme devient public, celle-ci est condamnée à mort, car donner naissance à un enfant sans être mariée est un crime à l'époque. Les juges l'enferment donc jusqu'à son accouchement, après avoir pris la décision de sauver l'enfant qui, somme toute, est innocent. La pauvre jeune fille prie pendant toute sa grossesse pour que Dieu les sauve, elle et son bébé. Dès que l'enfant naît, Blaise le fait baptiser et lui donne le nom de son grand-père maternel, Merlin. Merlin est un bébé vigoureux, mais velu à faire peur, de sorte qu'aucune nourrice ne veut l'allaiter. Et c'est ce qui sauve sa mère dans un premier temps. Mais le jour arrive où, l'enfant ayant dix-huit mois, le juge veut exécuter la sentence. C'est alors que, fait prodigieux, l'enfant se met à parler en s'exprimant et en raisonnant comme un adulte :

« Si l'on condamnait toutes les personnes qui ne peuvent avouer le nom du père de leur enfant, dit-il, il y aurait quantité de gens qui seraient brûlés. Et, ajoute-t-il, je connais mieux mon père que vous le vôtre, Monsieur le Juge, ne vous en déplaise...

– Qui donc est ton père ? demande alors le juge en devenant tout rouge.

– Un de ces diables qui ont nom incubes et qui habitent l'air, répond Merlin. De lui, j'ai la science infuse et celle des choses faites, dites et passées. Je connais également celles qui doivent arriver. ».

Et le juge comprend que Merlin sait parfaitement qu'il est né, lui aussi, de père inconnu. Il n'a donc d'autre solution que de laisser partir la mère et l'enfant...

Un enfant précoce

Pour certains auteurs, Merlin est élevé par sa mère jusqu'à l'âge de sept ans, mais pour d'autres, il est pris en charge par Blaise, le confesseur de sa mère, qui lui dispense son éducation dans les bois, à la manière des druides. Toujours est-il que très tôt Merlin apparaît comme un enfant exceptionnel. En fait, il bénéficie d'un double héritage : de sa mère, pure et innocente, il a reçu le don de voir l'avenir, et de son père démoniaque, la connaissance du passé. Alors que Merlin va sur ses sept ans, il informe Blaise et sa mère qu'il devra bientôt les quitter car il est recherché par des hommes qui ont promis à leur roi de lui rapporter son sang. Il ajoute que ceux-ci ne le tueront pas, car il proposera de lui-même de les accompagner. Avant son départ, Blaise transcrit ce que Merlin lui révèle, à savoir l'histoire du Saint Graal, vase dans lequel Joseph d'Arimathie a recueilli le sang du Christ.

Paysages de la vie de Merlin au XIIe siècle

Au XIIe siècle, l'Occident est couvert de forêts interrompues par des landes qui sont presque aussi sauvages et inquiétantes. Les hommes construisent villages et châteaux en défrichant les unes et les autres, espaces que l'on appelle des « essarts », si durement arrachés à la nature que le verbe « essartage » s'est mis à désigner une hécatombe humaine pendant un combat violent. Mais parfois cet essartage aboutit à un espace particulièrement enchanteur, comme par exemple les domaines qui entourent les châteaux du roi Arthur. Le voyageur de l'époque circule sur des chemins bordés de haies et de plessis (clôtures de branches entrelacées), traverse des gués, s'abreuve à des sources et des fontaines, et trouve parfois sur son chemin des vergers merveilleux, obtenus par la main de l'homme ou celle des fées. Merlin lui-même a fait apparaître un de ces vergers paradisiaques pour sa chère Viviane.

La forêt de Brocéliande

(« Koat-Brec'-hel-lean », qui veut dire en breton : « la forêt de la puissance druidique »).

Cette épaisse forêt où dominaient les chênes et les hêtres recouvrait à l'époque médiévale toute la péninsule armoricaine, de Fougères à Quentin, de Corlay à Camors et du Faouët à Redon. Celui qui avait l'audace de s'y aventurer devait s'attendre à rencontrer les créatures féeriques qui y vivaient en paix à cette époque : fées, korrigans, sylphes, nymphes, morganes, elfes, nains, korreds et lutins. Notons spécialement la présence de Dyonas, le filleul de Diane, la déesse des bois, dont la fille, une certaine Viviane, folâtrait nuit et jour dans la forêt en courant après les papillons...

Blaise

Après sa première fonction de confesseur et de guide auprès de Merlin, Blaise apparaît ensuite de temps à autre dans les romans de la Table Ronde. Quand on voit Merlin accompagné d'un loup, celui-ci est en réalité Blaise, qui a pris cette apparence (Bleiz veut dire « loup » en breton). Ensuite, il accompagne Merlin au château du Graal et, pour finir, il aura pour fonction d'écrire les aventures de la quête du Graal et des chevaliers de la Table Ronde, sous la dictée de Merlin.
Merlin et Blaise reconstituent l'alliance des débuts de l'humanité, quand les hommes et les animaux n'étaient pas séparés : temps fabuleux où les hommes comprenaient le langage des animaux. Tous deux sont témoins de la régénération du royaume du Graal, qui est comme une résurgence de cet âge d'or. Mais Blaise n'est peut-être qu'un des aspect de Merlin qui a non seulement la faculté de se transformer, mais aussi de se trouver sous plusieurs formes en même temps, en particulier celle d'un animal.

Parole de druide

« La voie du chercheur en druidisme est de se souvenir que l'animal
Est proche de l'Incré par son innocence,
Et les Dieux le sont par leur intelligence.
Ces deux voies peuvent être choisies par l'homme.
La voie de Cernunnos est celle de l'animalité dans l'homme.
La voie d'Ésus est celle de la divinité dans l'homme.
Mais l'homme doit préférer la troisième voie, celle de l'équilibre,
Celle de son incarnation, le chemin de la Déesse : la voie d'Épona ».

Parole de Blaise

« Il ne peut rien arriver de fâcheux à quiconque a le cœur pur », dit-il à la future mère de Merlin.

Sage à sept ans

Tandis que l'enfant Merlin grandit en révélant à son entourage des talents toujours plus nombreux, les choses vont mal dans le royaume de Grande-Bretagne. Le roi Constant est mort en laissant deux enfants en bas âge, Moine et Uther Pendragon, que Vortigern, le sénéchal du royaume, donne l'ordre d'assassiner pour s'emparer du royaume. Mais Uther Pendragon échappe à la sentence, à l'insu de Vortigern. S'étant couronné roi de Bretagne, l'usurpateur est détesté par ses sujets. Pour se protéger, il décide de se faire construire aux portes de la ville une tour si haute et si forte qu'il y sera à l'abri. Les maçons se mettent à l'œuvre, mais par quelque maléfice, dès que celle-ci commence à s'élever, les murs s'écroulent sans raison apparente. Les ouvriers recommencent, mais le résultat est le même à chaque fois. Vortigern consulte alors ses mages et ses astrologues, qui déclarent que la tour ne tiendra que si on mélange au mortier le sang d'un enfant de sept ans, né sans père. Aussitôt, des messagers partent à travers le royaume, jusqu'au jour où l'un d'eux voit venir un jeune garçon à sa rencontre. C'est Merlin qui, ayant connaissance de toute chose, sait exactement qui est ce messager et ce qu'il veut. À condition d'être épargné, il se déclare prêt à le suivre chez Vortigern et à expliquer au roi pourquoi la tour s'écroule continuellement.
Impressionné par cet enfant hors du commun, le messager agit suivant son souhait.
« Mon roi ! déclare Merlin au souverain, quand il le rencontre. Tes mages te mentent. Cette tour s'effondrera toujours car deux dragons habitent sous ses fondations. L'un est rouge et l'autre blanc. Quand le poids de la tour devient trop pesant pour eux, ils éprouvent le besoin de se retourner. C'est à ce moment-là que les murs s'écroulent ».
Le roi ordonne de creuser et les maçons découvrent alors sous les fondations de la tour une grande quantité d'eau dans laquelle vivent deux dragons, qui s'échappent en se jetant l'un sur l'autre. La bataille dure deux jours, au terme desquels le dragon rouge blesse mortellement le blanc, qui lance au premier un grand jet de feu avant d'expirer. Résultat : les deux dragons sont morts.
« Tu peux construire ta tour », indique Merlin à Vortigern.
Mais celui-ci veut comprendre ce que signifie cette bataille de dragons, car il perçoit bien qu'elle recèle un sens caché. Prudemment, Merlin lui fait promettre de ne pas lui faire de mal, quel que soit ce qu'il lui révélera et Vortigern promet. « Le dragon rouge, c'est toi, explique alors Merlin. Le blanc, c'est Uther Pendragon. Le fils du roi est toujours vivant et dans trois jours il débarquera à Winchester pour reconquérir son royaume usurpé.

De même que le dragon blanc a brûlé le rouge, tu périras dans les flammes. » Et Merlin a raison, une fois de plus. Lorsque les sujets de Vortigern aperçoivent au loin les bannières d'Uther Pendragon, ils se rallient à lui, de sorte que Vortigern n'a d'autre solution que de se réfugier dans sa tour, à laquelle Uther met le feu.

Rencontre du roi Uther Pendragon et de Merlin

Devenu roi de Grande-Bretagne, Uther Pendragon veut faire la rencontre de ce fameux enfant dont on lui a relaté les incroyables pouvoirs. Il envoie donc un messager dans la forêt de Northumberland où Merlin est parti vivre, comme de bien entendu. Le messager fait bientôt la rencontre d'un bûcheron aux cheveux hirsutes, qui l'aborde en lui disant : « Si le roi veut rencontrer celui que vous cherchez, il devra venir lui-même. » Une fois informé, le roi n'hésite pas et il s'engage dans la forêt à la rencontre de ce bûcheron qui se révèle finalement être Merlin en personne. Comme tout le monde s'étonne, Merlin redevient aussitôt l'enfant qui s'est présenté à Vortigern. La réputation de Merlin se répand immédiatement dans toute la Grande-Bretagne : un être doué non seulement du pouvoir de prophétie, mais également de celui de transformation !

Amitié entre Merlin et Uther Pendragon

Dès lors que Uther Pendragon a pris la peine de venir vers lui dans la forêt, Merlin devient son ami et son conseiller permanent. Cependant, il refuse son invitation de vivre à la cour, d'abord parce qu'il préfère la forêt, ensuite parce qu'il sait qu'il serait l'objet de jalousies s'il allait vivre sous le même toit que le roi. Autre condition posée par Merlin : pouvoir s'absenter de temps à autre sans que le roi lui pose la moindre question. Si Merlin accepte de devenir le conseiller d'Uther Pendragon, c'est que Dieu lui a confié le rôle d'aider à l'accomplissement du royaume de Bretagne. Mais on pourrait dire aussi, en se passant de Dieu, que Merlin essaye tout simplement de reconstituer l'ancien royaume celtique. Quoi qu'il en soit, l'Enchanteur sait que ce n'est pas par l'intermédiaire d'Uther Pendragon que cet accomplissement se fera. Quelqu'un d'autre va venir. Quelqu'un qui n'est pas encore né...

Fées

Merlin est dans la lignée des êtres féeriques, qui peuvent accepter de vivre avec des humains, à condition que ceux-ci ne leur posent pas de question quand ils s'absentent. L'exemple de Mélusine est le plus frappant, puisqu'elle demanda à son mari de ne pas chercher à savoir ce qu'elle faisait le samedi, jusqu'au jour où celui-ci regarda par le trou de la serrure et vit sa femme transformée en serpent depuis la ceinture jusqu'au bas du corps. Et toute la belle harmonie de leur royaume et de leur vie s'écroula...

Entremetteur

Après que Uther Pendragon a repris son trône, il doit encore combattre ce qui reste de l'armée saxonne de Vortigern. Le roi remporte plusieurs grandes victoires, aidé par un certain nombre de vassaux, dont le Seigneur Gorlois, qui réside à Tintagel avec son épouse Ygraine. Une fois débarrassé définitivement des Saxons, Uther s'installe dans le château de Carduel au Pays de Galles. Or, il advient qu'un jour Gorlois est invité à la cour avec son épouse, et dès qu'Uther aperçoit Ygraine, il en tombe éperdument

Don contraignant

Il consiste à faire don d'une faveur dont la teneur ne sera précisée que plus tard et que l'on sera alors obligé d'octroyer.

Parole de Merlin à Uther Pendragon

« Sache bien que si j'accepte de t'aider, ce n'est pas pour toi-même mais pour le royaume de Bretagne. Mes paroles peuvent te paraître étranges, mais je connais les choses de l'avenir et je sais que si j'accomplis en ta faveur une action qu'on pourrait me reprocher et qu'on te reprochera sûrement à toi, c'est parce que tout est écrit dans le grand livre des Destinées, et que toi et moi sommes les instruments de Dieu. »

amoureux. Mais, fidèle épouse et mère de trois petites filles, dont la future fée Morgane, celle-ci repousse les avances de son suzerain. Quand Gorlois comprend que Uther veut lui prendre sa femme, il quitte Carduel et déclare la guerre au roi, qui fait immédiatement assiéger le château de Tintagel.

Toujours aussi désespérément amoureux, Uther supplie Merlin de trouver un moyen d'approcher Ygraine. Merlin ne se fait pas prier, vu qu'il voit loin, sans compter que sa nature un tantinet diabolique le pousse à ce genre de mauvaises farces. Il frotte donc le visage d'Uther avec une herbe cueillie au bord du ruisseau, ce qui lui donne l'apparence de Gorlois, lequel est sorti en catimini du château en quête de renforts. Croyant voir son mari revenir, Ygraine lui ouvre son lit et se donne à lui. Cependant, Merlin a donné une condition à Uther pour lui accorder son aide : qu'il lui accorde ensuite la faveur qu'il lui demanderait, quelle qu'elle soit. C'est ce qu'on appelle le « don contraignant ». Après le départ de celui qu'elle croyait être son mari, on apprend à la pauvre Ygraine la mort du véritable Gorlois.

Ne soupçonnant pas Uther, la jeune femme accepte peu après de l'épouser, non sans lui avouer au préalable qu'elle est enceinte d'un inconnu. Merlin réclame alors son « don contraignant », à savoir l'enfant que porte Ygraine. Uther propose alors à la jeune femme de confier l'enfant quand il naîtrait à quelqu'un qui s'occupera de lui, à quoi la pauvre Ygraine se résigne, la mort dans l'âme.

Le cercle de pierres de Stonehenge

Dans le Sud de l'Angleterre, près d'Amesbury, se trouve un ensemble d'énormes blocs de pierres dressées. Ce monument est composé d'une première aire circulaire délimitée par un fossé, dans laquelle est érigée une série de pierres levées, d'un diamètre d'une trentaine de mètres. À l'intérieur se trouve un second cercle, dit de pierres bleues. Puis, encore à l'intérieur, sont dressées deux autres rangées de pierres disposées en forme de fer à cheval, avec au centre une pierre de cinq mètres de long couchée à plat. On a donné beaucoup d'explications sur ce fameux assemblement de pierres, mais les auteurs celtiques sont formels : il s'agit d'un cimetière mis en place par Merlin pour enterrer les corps des compagnons d'Uther Pendragon, morts pendant les diverses batailles contre les Saxons. Voici mot pour mot ce que dit Merlin au souverain : « Si tu veux honorer tes morts avec une sépulture perpétuelle, envoie des messagers au Cercle des Géants, qui se trouve sur la montagne de Cillara, en Irlande. Grandes sont les pierres qui s'y trouvent et elles n'ont pas leurs pareilles en vertus. Qu'on les range en cercle où je dirai et elles tiendront éternellement ».

En fait, les hommes d'Uther ne parvinrent jamais à déplacer les pierres pour les monter à bord de leurs navires. Merlin usa donc de sa magie pour tout transporter d'un coup : pierres, hommes et même navire, sur une colline au Sud de l'Angleterre, le site de l'actuel Stonehenge

Bénéfique ou diabolique ?

Grâce à la pureté de sa mère, le pouvoir du bien s'avère plus fort que celui du mal chez Merlin. Mais l'hérédité démoniaque se manifeste malgré tout à travers ses pouvoirs magiques et la jubilation que lui procurent les tours qu'il joue à autrui. Aucun de ceux-ci n'est vraiment maléfique, hormis celui qui a permis à Uther de prendre la place de Gorlois, qui trouva la mort suite à cette machination.

Ravisseur d'enfant

Dès que l'enfant d'Ygraine naît, Merlin vient le chercher et, à l'insu de tout le monde, il confie le nouveau-né prénommé Arthur à un chevalier du nom d'Antor pour qu'il l'éduque comme son fils, en même temps que son propre enfant, Kay, un peu plus âgé. Arthur grandit sans connaître sa véritable identité, entre un père et une mère aimante et un frère qui le déteste. Seize ans plus tard (deux ans après la mort d'Ygraine), Uther Pendragon décède, empoisonné. Comme il n'a pas eu d'autre enfant avec Ygraine, le trône reste sans héritier, et bientôt le royaume de Bretagne se retrouve de nouveau en proie aux attaques des Saxons.

Arthur, élu des dieux

Comme Merlin et comme tout héros exceptionnel, Arthur naît dans des circonstances exceptionnelles. L'une des marques de l'élection divine a toujours été une naissance anormale.

Arthur selon l'Histoire

Comme Merlin, Arthur a son précédent historique, mais il a vécu une cinquantaine d'années avant le Merlin historique. Il s'agit d'Artorius, général militaire breton exceptionnel, qui lutta contre l'invasion saxonne de l'Angleterre. Les textes font état d'une période d'une vingtaine d'années, à la fin du Ve siècle, où il y eut une pause dans l'avancée saxonne, suite à une série de victoires remportées par les Bretons. Cet Arthur guerrier fut célébré comme un roi idéal et comme le restaurateur de leur race par les Gaulois, les Cornouaillais et les Bretons. Le caractère de l'Arthur historique est plutôt éloigné de sa figure légendaire, car c'était un homme impulsif, violent, belliqueux, déclarant souvent la guerre pour des motifs futiles : c'est ainsi qu'il s'engagea dans une lutte sans merci contre un roi scot, uniquement parce que celui-ci possédait une meute de chiens qu'Arthur lui enviait et désirait lui prendre. Le surnom de cet Arthur des temps reculés était « la massue », ou «l'ours ». Par contre, il possédait un caractère joyeux, plein de flammes, et il était amoureux d'aventure, ce qui annonce la tradition chevaleresque.

Arthur et l'ours

Arthur viendrait d' « Arth' », qui signifie « ours » dans certains langages celtiques. L'ours est un animal royal chez les Celtes, en relation avec l'étoile polaire.

Faiseur de roi

Pas plus que sa naissance, l'accession d'Arthur au trône ne peut se faire dans des conditions normales. Elle va manifester de façon éclatante que l'enfant est choisi par Dieu. Merlin, qui est justement dans les petits papiers de Dieu, conseille donc aux Barons du royaume d'attendre un signe du créateur. Et c'est ainsi qu'à la sortie de la messe de minuit, on découvre sur le parvis de la cathédrale une épée enfoncée dans un « perron » de granit.

Au grand dam de tous les vieux barons et de son frère Kay, c'est le jeune Arthur, qui n'est même pas chevalier, qui réussit à la sortir de son socle. Sur celle-ci est gravée l'inscription : « Par la volonté de Jésus-Christ, sera roi d'Angleterre celui qui pourra l'arracher à la pierre ». Arthur devient donc roi, mais les barons se soulèvent aussitôt contre ce trop jeune souverain.

Fête du roi

Célébrée le 1er août, la fête celtique de « Lugnasad » (assemblée de Lug) était consacrée au roi dans son rôle de protecteur et de redistributeur de richesse. C'était l'occasion de conclure des contrats de toutes sortes (commerciaux, matrimoniaux, juridiques) et de se mesurer dans des compétitions, sportives et littéraires).

Excalibur

L'épée qu'Arthur retira du « perron » n'est pas Excalibur. Cette épée se brisa entre ses mains quelque temps après, parce qu'Arthur l'avait dressée sans raison contre le chevalier Lancelot. Une autre épée lui fut donnée ensuite de la main même de la Dame du Lac, en provenance directement de l'Autre Monde, et c'est celle-là qui s'appelle Excalibur. Non seulement cette épée rend celui qui la porte toujours vainqueur, mais son fourreau est également magique, empêchant le sang du combattant de couler. Sans compter qu'elle jette autant de clarté que deux gros cierges allumés... En hébreu, Excalibur (« Escalibor ») signifie : tranche le fer et l'acier.

Mentor et magicien d'Arthur

Arthur doit lutter à la fois contre les vieux barons du royaume et contre les Saxons qui profitent des dissensions internes pour envahir le royaume. Grâce aux multiples tours de magie de Merlin, les premiers rentrent bientôt dans le rang, d'autant plus facilement que leurs propres fils se rallient à Arthur. Poursuivant son rêve de reconstitution de l'ancien royaume celtique, Merlin suggère à Arthur de faire venir près de lui les Bretons de Petite-Bretagne, en particulier les rois Ban de Bénoic (futur père de Lancelot) et Bohort de Gaunes (futur père d'un autre héros du Graal). Après maintes péripéties, les barons prêtent allégeance au nouveau souverain et, tous ensemble, ils écrasent durablement les Saxons. Mais d'autres ennemis plus terribles encore sèment le trouble : une race de géants qui massacrent les habitants de l'île de Bretagne. En effet, en ce temps-là, l'Angleterre abritait une terrible race de géants sauvages et vicieux, qui étaient l'antithèse des chevaliers. Arthur ne pourra les vaincre – une fois de plus – qu'avec les sortilèges de Merlin. C'est durant cette période de combats que le jeune roi rencontre la fille du roi de Carmélide, la belle Guenièvre,

Arthur, incarnation d'un mythe

Si Arthur devient roi, ce n'est pas à cause de ses capacités politiques, mais parce qu'il réussit à retirer l'épée du perron : exactement comme jadis, dans la société celtique, quand le choix du roi reposait sur une série d'épreuves magico-religieuses qui étaient soumises soit à des candidats, soit à des hommes désignés d'office :

– Épreuve du char royal : à ce char étaient attelés deux coursiers de même couleur qui n'avaient jamais porté de harnais. Un homme qui ne réussissait pas à les maîtriser ne pouvait devenir roi.

– Épreuve du manteau royal dans le char : un homme pour qui ce manteau était trop grand ne pouvait recevoir la souveraineté.

– Épreuve de la pierre de Fâl, à l'avant d'un char de course : celle-ci criait lorsque s'asseyait dessus le roi légitime d'Irlande.

et qu'il en tombe éperdument amoureux. Le mariage d'Arthur et de Guenièvre va inaugurer une nouvelle époque de paix et de prospérité. Il est surtout le signe ultime de la légitimité d'Arthur en tant que souverain, comme dans les sociétés celtiques où un roi ne pouvait être vraiment roi sans sa reine, formant ainsi un couple qui assurait symboliquement la fécondité du royaume.

Quelques sortilèges de Merlin

– Il fait apparaître des nuages de poussière qui aveuglent l'ennemi.

– Sa bannière est ornée d'un petit dragon, qui peut vraiment lancer des flammes.

– Il fait ouvrir et fermer très vite les portes du château d'Arthur, juste le temps que le roi et ses hommes sortent de la place forte.

– Il avertit Arthur du débarquement impromptu des Saxons en Cornouailles.

Royaume de Logres

Situé de part et d'autre de la Manche, le royaume d'Arthur est appelé le royaume de Bretagne, mais on le désigne aussi sous le nom de royaume de Logres, par homonymie avec les ogres sur lesquels Arthur a conquis son territoire.

Le géant du Mont-Saint-Michel

Riton est le plus épouvantable géant qu'eut à combattre Arthur et qu'il tua. Il avait enlevé et violé la fille d'un roi et se cachait sur une montagne entourée de mers, qu'on appelait le Mont-Saint-Michel.

Dicton

« Nul ne parle avant le roi, mais le roi ne parle pas avant son druide. »

Durée des études druidiques

De dix à vingt ans.

Étymologie du mot « druide »

Le mot latin « druida » est emprunté aux Celtes : « druid » en irlandais, qui remonte lui-même au prototype indo-européen, « Dru-Wid-Es », signifiant « Les très savants ».

Harpin de la Montagne

C'est un autre géant, toujours accompagné d'un nain affreux. L'un combattait à la lance, l'autre avec une massue.

Merlin, le roi et le druide

Que ce soit Uther Pendragon ou son fils Arthur, les deux rois n'entreprennent rien sans demander au préalable son avis à Merlin et ils lui obéissent aveuglément, comme si Merlin leur était de rang supérieur. Ce phénomène très particulier renvoie directement aux sociétés celtiques, où le roi et le druide formaient un couple inséparable. Le roi ne pouvait refuser une demande au druide ni le druide lui refuser le bénéfice de ses connaissances, que ce soit dans le domaine de la prédiction, du renseignement historique ou généalogique, ou encore la magie. Ensemble et ensemble seulement, le roi et le druide étaient souverains. Le fait que Merlin joue ce rôle de conseiller royal et de messager du destin prouve qu'il est un druide et pas autre chose, sous ses oripeaux chrétiens.

Si le druide jouissait de tous les privilèges (en particulier l'exemption d'impôts et de service militaire, ce qui ne lui interdisait pas de combattre s'il le désirait), le souverain celtique en avait beaucoup moins et il était en outre soumis à de nombreux interdits, comme celui de ne pas quitter le territoire, de ne pas passer plus de huit nuits loin de sa résidence, et surtout de ne pas parler avant son druide. D'ailleurs, la société celtique attribuait au roi davantage un rôle magique d'équilibrateur et de fécondateur, plutôt que celui de détenteur de pouvoirs civils et militaires. Si la position du druide était sans conteste la plus élevée, c'est qu'il était l'intermédiaire entre les dieux et les hommes, dans une société où l'on vivait en permanence sous l'égide du sacré.

Une société sacrée

La société celtique ignorait toute distinction entre le « sacré » et le « profane ». Pour les Celtes, toute autorité était obligatoirement spirituelle. En l'occurrence, si le roi se comportait de façon égoïste, s'il devenait lâche, s'il mentait, cela entraînait inévitablement des catastrophes dans le royaume entier. De manière générale, le code de l'honneur des Celtes était très strict. Le mensonge et l'hypocrisie étaient bannis autant que le vol.

Trois catégories de druides

Les druides étaient classés en trois catégories :

– La classe sacerdotale, qui avait la charge de la religion, de la justice, de l'enseignement, ainsi que la surveillance du pouvoir politique.

– Les bardes, qui transformaient la vie en poésie et musique.

Il s'agissait de textes uniquement récités ou chantés. Douze années d'étude étaient nécessaires pour assimiler, à la virgule près, plusieurs dizaines de mètres poétiques de plusieurs centaines de récits. Les distinctions hiérarchiques étaient nettes entre l'apprenti qui savait réciter sept histoires et le « docteur », qui savait par coeur trois cent cinquante grandes histoires et cent cinquante petites. Mais le rôle du barde n'était pas d'amuser les auditeurs. En dehors des récits mythologiques et des épopées, il pratiquait la louange, la satire ou le blâme, au service du gouvernement.

Taliesin, barde de Merlin, a composé des poèmes qui racontent sa « geste » (ses exploits), ce qui explique l'amalgame qui peut exister entre les deux personnages, puisque Merlin est lui-même un druide.

– Les druides devins, dont la science s'appliquait aux aspects « pratiques » de la religion, avec comme domaines majeurs la divination et la médecine. Cette classe était ouverte aux femmes.

On voit donc que Merlin réunit en lui-même les trois catégories de druide : il guide le roi Arthur, compose et chante des poèmes, et pratique prophétie et divination.

Le « glam dicinn »

Incantation magique prononcée par le barde sous forme de satire, qui constituait une véritable malédiction provoquant l'irruption de trois furoncles sur le visage de la victime, puis la mort, soit progressive – la victime étant exclue de la vie sociale – , soit immédiate, après un seul cri du barde, si la satire avait été parfaite. Ces furoncles représentaient respectivement la « honte », le « blâme » et la « laideur ».

Médecine magique

La médecine magique des Celtes était une médecine rituelle, basée sur les plantes médicinales et sur les eaux de sources, auxquelles les druides apportaient une grande importance. Notons certaines recettes très particulières :

– L'élixir d'oubli, qui affecte la mémoire.

– Le sommeil thérapeutique, d'où jaillissait la guérison ou le prodige de l'invisibilité.

– La fontaine de santé, qui guérit les blessés dans les batailles et ressuscite les morts.

Pomme et gui sont deux ingrédients principaux, mais on utilise aussi l'eau pour son pouvoir de lustration, le feu qui purifie ou le vent qui a le pouvoir d'égarer ou d'anéantir. Et les druides avaient également recours à la musicothérapie.

Parmi les merveilles thérapeutiques attribuées au gui :

– Il abaisse la fièvre.

– Il calme les nerfs

On en faisait aussi un fameux onguent, qui avait le pouvoir de cicatriser les plaies et les blessures en un temps record.

Une civilisation uniquement orale

Les druides transmettaient leur savoir uniquement par voie orale, la parole écrite étant considérée comme une parole morte. Ce qui n'empêchait pas les Celtes de connaître l'écriture, mais ils l'employaient uniquement pour les inscriptions funéraires (écriture oghamique, composée d'encoches et dérivée de l'alphabet latin, en association avec des noms d'arbres). Toujours est-il que faute de documents écrits, il reste très peu de traces de la civilisation celtique. Les deux sources principales viennent des voyageurs antiques et des moines irlandais du Moyen Âge. Parmi les premiers, nous trouvons en particulier César, avec ses commentaires sur la guerre des Gaules. Quant aux seconds, les moines irlandais, ils ont retranscrit les mythes et les épopées de l'Irlande celtique, en les transmettant de génération en génération.

« Pierre des fées »

On a attribué aux druides la paternité des dolmens, menhirs et autres pierres levées, alors qu'en réalité ces vestiges religieux datent de l'époque néolithique et furent simplement récupérés par les druides pour leurs célébrations. Mais ces monuments étaient l'objet de cultes persistants – tout comme les arbres et les fontaines – et ce ne fut pas du goût de l'Église, qui prononça une série d'édits pour interdire leur adoration : concile d'Arles en 452, de Tours en 567, de Nantes en 658, de Tolède en 681 et édit promulgué à Aix-la-Chapelle en 789 par Charlemagne . On dénomma souvent « Pierres des fées » ou « Pierres du Diable » ces pierres, où l'Église apposa le symbole de la foi nouvelle – la croix – tantôt à leur sommet, tantôt sculptée sur une de leurs faces, pour les christianiser.

Merlin, les druides et la guerre

Merlin conseilla Arthur dans sa lutte contre les Saxons, exactement comme le faisaient les druides, qui avaient la charge des relations diplomatiques pour prévenir la guerre ou régler les compensations à l'issue des combats.

Immortalité

Les Celtes étaient convaincus de l'immortalité de l'âme, c'est la raison pour laquelle les guerriers n'éprouvaient aucune peur de la mort pendant les batailles.

La Guenièvre historique

Elle s'appelait Guenwar et était vraisemblablement à la tête d'un puissant royaume. De mauvaises langues prétendent qu'elle collectionnait les têtes de ses ennemis et qu'elle passait de longues heures à les contempler. Guenwar s'est probablement battue aux côtés de son mari pour sauver l'île de Bretagne des envahisseurs saxons.

Guenièvre, reine celtique

Au premier abord, Guenièvre paraît l'épouse chrétienne typique, mais en y regardant mieux on retrouve chez elle de nombreux éléments celtiques.

Tout d'abord, dans la société celtique, alors qu'il est sans importance que le druide soit ou non célibataire, le roi doit être marié, la reine étant la vraie représentante du royaume. Ce qui explique que Mordred tente d'épouser de force Guenièvre, quand Arthur est parti en Petite-Bretagne combattre Lancelot.

Prestige de la femme dans la société celtique

La femme jouit d'un prestige extraordinaire dans la société celtique. Elle peut être druidesse, reine, mais aussi guerrière. C'est aussi une figure médiatrice, qui éveille l'homme à la connaissance. Dans le conte gallois de Perceval, le héros est instruit par huit femmes qui, portant le heaume et l'armure, lui enseignent la chevalerie.

Masculin-chrétien / Féminin-celtique

Tous les rites célébrant la nature et la fécondité ont été remplacés par des rites chrétiens rendant gloire à des principes masculins.

Merlin et la Table Ronde

Une fois la paix assurée dans le royaume de Bretagne, Merlin explique à Arthur, en son château de Camaalot, que Dieu attend de lui qu'il crée une nouvelle société chevaleresque. Cette société sera symbolisée par une table ronde, que Merlin fait apparaître, entourée de cent cinquante sièges de bois, dont la plupart portent le nom, inscrit en lettres d'or, du chevalier qui doit s'y asseoir. L'Enchanteur demande à tous les chevaliers présents de conduire également à cette table tout bon chevalier qu'ils rencontreront. Il est dit en effet que le nombre des chevaliers de la Table Ronde doit s'élever à cent cinquante, avant que la quête du Graal puisse commencer.

Un seul siège doit rester vide, celui à côté d'Arthur. C'est le « siège périlleux », dans lequel quiconque y prendra place sera immédiatement englouti sous terre, hormis le meilleur chevalier du monde, celui qui conquerra le Graal. Le roi accepte et les chevaliers jurent alors de respecter les règles de leur nouveau compagnonnage, tandis que Camaalot devient la capitale d'un royaume qui repose sur le droit et non sur la violence. Cette période d'aventures chevaleresques va durer douze ans. C'est pendant cet intervalle que le système révolutionnaire de l'amour courtois se met en place. Pour l'amour de leur dame, les chevaliers se surpassent et deviennent des héros. Et tous reviennent régulièrement à la cour du roi Arthur où, assis autour de la Table Ronde et unis par un sentiment de fraternité indissoluble, ils narrent leurs exploits.

La forêt et les chevaliers

C'est dans la forêt que les chevaliers d'Arthur vivent leurs aventures. Pour eux – comme pour Merlin – la forêt est le lieu d'une solitude indispensable pour accéder à la transformation, voir à la transfiguration. Les chevaliers se perdent dans la forêt, ils y font des rencontres féeriques, et d'aventure en aventure leur cœur se fortifie et leur esprit grandit.

Extrait du discours prononcé par Merlin aux chevaliers de la Table Ronde

« Le Graal, vase d'or dans lequel a été recueilli le sang du Christ, a été transporté jusqu'en Bretagne. Il vous faut donc partir à sa recherche. Il ne pourra toutefois être trouvé que par le meilleur chevalier du monde. Que le roi Arthur réunisse ses chevaliers autour d'une table. Elle sera ronde pour que l'on voie bien qu'il n'y a pas de place d'honneur. Le siège à la droite du roi restera vide, personne ne devra jamais s'y asseoir, sous peine de connaître un sort terrible, hormis le meilleur chevalier du monde, celui qui fera la conquête du Graal et en connaîtra la signification et la vérité. »

Pourquoi la Table Ronde est-elle ronde ?

Merlin le dit lui-même : « Pour que l'on voie bien qu'il n'y a pas de place d'honneur ». Tout le monde est sur le même pied. C'est une société égalitaire et fraternelle.

Le serment des chevaliers de la Table Ronde

Tous les chevaliers doivent le prononcer :
« Que jamais dame, demoiselle ou homme ne viendrait demander aide à la cour sans l'obtenir et que si l'un des chevaliers présents disparaissait, les autres, tour à tour, se mettraient sans trêve à sa recherche, pendant un an et un jour. »

Qui sont les chevaliers admis autour de la Table ?

Leurs noms ont été communiqués par Dieu à Merlin, d'après les auteurs chrétiens. Par contre d'autres auteurs – dont le fameux Chrétien de Troyes – affirment que tout chevalier méritant peut s'y asseoir.

Le Graal

Ce mot se rencontre pour la première fois dans le Roman d'Alexandre, en 1160, où il désigne une écuelle où l'on mange à deux. Chez Chrétien de Troyes, il devient un plat précieux et de grande taille, où l'on sert des brochets, des lamproies et des saumons. Les continuateurs du cycle interpréteront le Graal dans une perspective chrétienne : Robert de Boron, vers 1200, le désigne comme la coupe qui permit à Joseph d'Arimathie de recueillir le sang du Christ lors de la crucifixion. Mais bien avant tout cela, le Graal est l'héritier de la religion celtique préchrétienne : c'est le chaudron de Dagda, le dieu-druide. L'un des prototypes du Graal pourrait bien être le fameux chaudron de Gunderstrup en argent, trouvé dans le Jutland et daté du Ier siècle avant J.-C.

La quête du Graal

La quête du Graal est une quête spirituelle presque inaccessible, car pour trouver le Graal, il faudrait ne pas le chercher. Autrement dit, il faut avoir renoncé à l'espoir de l'obtenir pour pouvoir le conquérir. La quête du Graal est une aventure spirituelle, on ne peut s'y lancer comme dans la recherche d'un trésor. Au cours de cette quête, l'esprit change, sans même qu'on s'en aperçoive, et c'est ainsi que s'obtient le Saint Graal.

Où se trouve le Graal ?

Il serait quelque part dans un château, sous la garde d'un roi blessé d'une blessure inguérissable, qui passe son temps à pêcher dans un étang, d'où son nom de Roi-pêcheur. Le principal défi des chevaliers d'Arthur sera de trouver ce château, appelé « Château Aventureux ».

Qui est digne de conquérir le Graal ?

« Le Meilleur chevalier du monde sera aussi chaste que preux », déclare le Merlin des auteurs chrétiens, en donnant le signal du départ des « hautes aventures ». Lancelot est le plus apte à accomplir l'épreuve, mais il ne le pourra jamais à cause de l'adultère qu'il commet avec la reine Guenièvre. À chaque fois qu'il essaie d'entrer dans la salle où se trouve le Graal, une voix lui interdit d'aller plus loin. Devant ce problème, les auteurs chrétiens ont fait naître un Lancelot « purifié », qui est son propre fils, nommé Galaad, né de son union avec la fille du Roi-pêcheur.

Siège Périlleux

C'est un souvenir de la Lia Fâil, pierre de souveraineté en Irlande, qui criait lorsque le nouveau souverain posait le pied sur elle.

Perceval et le Siège Périlleux

Un soir que le chevalier Perceval séjournait à la cour du roi Arthur, il questionna le roi sur la signification du siège vide et sollicita la permission d'y prendre place, en menaçant de partir si elle lui était refusée. Arthur céda finalement et Perceval fut à peine assis sur le siège que celui-ci se fendit dans un vacarme terrifiant. Une grande obscurité envahit alors la salle et une voix tombée du ciel reprocha à Arthur d'avoir trahi le commandement de Merlin. Cette voix ajouta que Perceval ne devait qu'à la grâce gagnée auprès de Dieu par son

grand-père et son père (le Roi-pêcheur) de ne pas avoir été englouti sous terre. Cet épisode est très révélateur du fait que sans Merlin, Arthur et ses chevaliers agissaient souvent de manière assez écervelée...

L'amour courtois

L'amour courtois est la dénomination d'un phénomène qui se nommait au Moyen Âge la « fin'amor », « fin » signifiant « distillé », ce qui n'est sans doute pas sans rapport avec l'alchimie.
Dans l'amour courtois, le désir est toujours différé et l'emporte sur un plaisir simple et rapide des sens, dans le but d'obtenir une jouissance plus grande, que l'on appelle la « joi » en langue d'oc, ou la « joie » en langue d'oil. Le chevalier est tenu de servir la dame, qui est souvent une femme mariée de rang supérieur au sien et qui, très souvent, est aussi l'épouse de son propre suzerain : exactement la situation qui lie entre eux Guenièvre, Lancelot et Arthur. L'amant en question – pour ainsi dire son vassal – sert sa dame sans espérer recevoir la moindre récompense en retour, même s'il n'y a aucune interdiction à ce que cet amour aboutisse à une union charnelle. En effet, des relations hors mariage entre une dame et son chevalier ne sont pas du tout illégitimes, contrairement à ce que pourraient nous faire penser les romans de la Table Ronde, où Lancelot ne peut jamais trouver le Graal, parce qu'il est l'amant de Guenièvre.
Il ne s'agit pas pour autant d'une célébration de l'adultère, où il n'y aurait plus ni codes ni règles, c'est même exactement le contraire. Notons au passage que les mariages à cette époque étaient souvent de pure convenance et en particulier pour des motifs économiques, sans compter qu'il était fréquent que les intéressés ne soient même pas consultés.
L'amour courtois a un double intérêt : d'abord il donne à la femme un tout autre statut, alors qu'elle ne vivait jusque-là que dans l'ombre de la gloire de son mari.

Et ensuite, à cause de sa pondération, il devient une discipline d'attention, de ferveur, d'impeccabilité, voir d'héroïsme. C'est l'amour de Lancelot pour Guenièvre qui le conduit aux actions les plus sublimes. Finalement, on en revient encore au statut dont jouissait la femme dans la société celtique : le rôle central, celui de la sagesse.

Amitié et chevalerie

Si l'amour courtois est le phénomène le plus notable du monde de la chevalerie, il existe un autre élément très caractéristique : c'est l'importance capitale de l'amitié. Les chevaliers de la Table Ronde sont frères entre eux, et quand Arthur découvre les relations entre sa femme et Lancelot, son coeur est déchiré, car il aime tendrement Lancelot. À tel point qu' il lui pardonnera à la fin. On raconte d'ailleurs que depuis lors, en son île d'Avalon où il se trouve en « dormition » , Arthur soupire après leur absence.

Féminité et chevalerie

Avec sa célébration de l'amour et de l'amitié, la chevalerie aboutit à une féminisation des valeurs. Ce n'est plus la force brute qui prime, mais la courtoisie. La femme transforme les hommes en étant leur souveraine.

La coutume de Logres

Une coutume règne dans tout le royaume d'Arthur, ce qu'on appelle la coutume de Logres. Si une femme voyage sans son compagnon, tout chevalier qui la rencontre a le devoir de la respecter. Ce n'est que lorsqu'elle est accompagnée d'un chevalier qu'on peut la disputer en combat singulier.

Fin du royaume d'Arthur

Qu'est devenue Excalibur ?

Quand Arthur sent sa fin venir lors de la bataille de Camlaan, il demande au chevalier Bohort de jeter Excalibur dans un lac, d'où une main féminine (et féerique) surgit et s'en empare promptement.

Tombeaux d'Arthur et de Guenièvre

C'est à l'abbaye de Glastonbury, en Grande-Bretagne, que se trouveraient les tombeaux d'Arthur et de Guenièvre que l'on découvrit, paraît-il, encore parée de ses magnifiques cheveux blonds.

Finalement, après de très nombreuses péripéties, le chevalier Perceval trouve le château du Graal, mais c'est son fils Galaad qui en prend possession. Avant de se retirer dans la forêt avec Viviane, Merlin s'adresse à Arthur et à ses chevaliers :
« Sache, Arthur, qu'aujourd'hui la plus grande prophétie que j'aie jamais faite s'est réalisée ; le Roi-pêcheur est guéri et Perceval est devenu le Seigneur du Graal. Désormais, il renoncera à la chevalerie et se consacrera entièrement à la grâce de son Créateur ».
Lorsque les chevaliers entendent ces paroles, ils ressentent une profonde détresse, car ils savent que le temps des aventures est désormais révolu. N'ayant plus aucune raison de demeurer à la cour d'Arthur, ils préfèrent franchir la mer à la recherche d'une nouvelle gloire chevaleresque. Se souvenant de la prophétie de Merlin, à savoir qu'Arthur serait un jour roi de France et empereur de Rome, ils entreprennent une expédition pour conquérir la Normandie et la Bretagne, avant de s'attaquer à Rome. Mais l'Enchanteur, qui se retire dans sa forêt avec sa chère Viviane, sait que le Royaume d'Arthur est promis à la destruction. Il le sait depuis le début, à cause de deux péchés mortels dont sont responsables les deux meilleurs chevaliers du monde, Arthur et Lancelot. Le premier est un péché d'adultère, commis par Lancelot, qui est tombé amoureux de Guenièvre, l'épouse d'Arthur. Le deuxième est un péché d'inceste, commis par Arthur, qui a passé jadis une nuit avec la reine d'Orcanie, sans savoir qu'elle était sa demi-sœur. L'enfant issu de cette union s'appelle Mordred et il a juré la destruction du royaume d'Arthur.
Ces deux péchés vont bel et bien entraîner la destruction de ce royaume mythique, même s'ils ne sont des péchés que du point de vue des chrétiens. Dans le cadre de l'amour courtois, il était tout à fait admis et même recommandé qu'un seigneur aime, célèbre et défende les couleurs de la femme de son suzerain. Quant au péché d'inceste d'Arthur, on a déjà vu avec Merlin et sa sœur qu'il s'y cachait une dimension symbolique.
Quand Arthur apprend la liaison entre sa femme et Lancelot, il traverse la Manche pour le combattre dans son fief de Petite-Bretagne. Mais pendant ce temps-là, Mordred, son fils incestueux, s'empare du royaume et force Guenièvre a devenir sa femme. Pour finir, Arthur se réconcilie avec Lancelot et leurs deux armées reviennent à marches forcées dans le royaume de Logres pour affronter Mordred. C'est la bataille de Camlaan, un véritable carnage entre les deux camps. Arthur est mortellement blessé, mais c'est alors que des « belles dames » viennent le chercher sur une barque pour l'amener sur l'île d'Avalon, où elles veillent depuis lors sur la « dormition » du roi, qui reprendra son sceptre en une époque meilleure.
C'est ce qu'on appelle l'« espoir breton ».

« L'espoir breton »

Depuis qu'Arthur a été emmené sur l'île d'Avalon par Morgane, les Bretons attendent son retour en une époque plus favorable. C'est ce qu'on appelle l'« espoir breton ». Cet espoir a été mis à mal par Henri Plantagenêt, roi d'Angleterre, qui a confisqué la légende d'Arthur à son profit, jusqu'à « découvrir » les soi-disant tombeaux d'Arthur et de Guenièvre. À cette époque, les lettres de noblesse étaient les chansons de geste, or les Plantagenêt avaient des prétentions sur l'Europe du Nord-Ouest. Le roi Arthur, glorieux maître de la Grande et de la Petite-Bretagne, était exactement l'ancêtre qu'il fallait à Henri Plantagenêt pour assurer sa légitimité. Pour atteindre ce résultat, il a commandé une mise en roman des éléments de base de la légende arthurienne, en faisant d'Arthur un personnage définitivement historique dont le prestige rejaillit sur toute la maison Plantagenêt. Les moines de Glastonbury qui ont mis la dernière main à la réécriture d'Arthur ont prétendu que les fées avaient cherché en vain à guérir le roi blessé, avant de ramener au bout de trois jours sur le rivage son corps dépourvu de vie.

III

Merlin et les femmes

Dans les romans d'essence celtique, ce sont toujours les femmes qui enseignent aux hommes, mais sous la plume des auteurs chrétiens, la situation s'est inversée. Pourtant, que ce soit Viviane ou Gwendyyd, l'élève dépasse finalement le maître qui décide dès lors de se taire. Les deux élèves de Merlin sont Morgane et Viviane, mais Viviane est bien plus qu'une élève...

"Le Morte d'Arthur" de Malory

Sir Thomas Malory, au XVe siècle, est le continuateur le plus connu des contes du Graal et l'ouvrage est constamment réédité en Angleterre. Pourtant, sa version est très personnelle et se distingue en particulier par une haine contre les femmes et notamment les fées. Ni Viviane ni Morgane n'en réchappent. Dans son histoire, Viviane n'aime pas Merlin, parce qu'elle pense qu'il n'en veut qu'à son pucelage, et elle se débarrasse de lui en l'enfermant par ruse dans un tombeau, d'où l'on peut encore entendre parfois son cri aujourd'hui. Quant à Morgane, elle devient sous la plume de Malory une épouvantable sorcière qui tente plusieurs fois de tuer son frère pour s'emparer du pouvoir. C'est d'ailleurs elle, selon Malory, qui aurait manigancé l'inceste de son frère avec sa demi-sœur Morgause, pour faire naître Mordred et causer ainsi la destruction du royaume. De nombreux auteurs et réalisateurs de films ont repris cette version, en oubliant tout du modèle celtique, où les femmes étaient des initiatrices...

La fée Morgane

Lieux de Morgane

De très nombreux lieux sont dédiés à Morgane, sans qu'on le soupçonne : les Monts Morgon, Margantin, Mercantour et les rivières Morgon, Mourgon, Morge Mourgues et Murg. La fée a également perduré sous le nom de fée Margot et l'on trouve un peu partout en France des « Caves à Margot », des « Chambres de la fée Margot », des « Fuseaux de Margot » et des « Roche Margot ».

Morgane est la fille d'Ygraine et donc la demi-sœur du roi Arthur. Très tôt, sa mère (qui elle-même appartient à l'Autre Monde) la fait instruire dans les sept arts fondamentaux – puis, quand elle est âgée de sept ans, l'envoie dans un couvent de magiciennes et enfin dans la forêt de Brocéliande pour recevoir une éducation féerique. C'est là que la petite fille, qui a déjà des pouvoirs de vision du futur et ne rêve que d'une chose, voler comme ses amis les corbeaux, va rencontrer Merlin. On sait peu de chose sur cette relation de maître à élève, sinon que Merlin lui préférera toujours Viviane, ce qui causera une grande douleur à Morgane.

La jeune femme va devenir une magicienne supérieure – et spécialement une grande guérisseuse qui sauvera nombre des chevaliers du roi Arthur grâce à ses fameux baumes – mais elle sera rongée par la jalousie qu'elle éprouvera non seulement envers Viviane, mais aussi envers Guenièvre, la femme de son demi-frère Arthur. Il faut dire que Guenièvre ne sera pas particulièrement gentille avec elle, dévoilant au grand jour ses amours.

Portrait de Morgane

Magnifique femme épanouie, Morgane est grande et possède une splendide chevelure noire bleutée qu'elle tresse en longues nattes et dont la couleur n'est pas sans rappeler celle des plumes de ses amis les corbeaux. Au fil du temps, avec toutes les épreuves qu'elle a subies, le regard de Morgane est devenu un peu dur et désenchanté. C'est une femme à la beauté hautaine, contrairement à l'enfantine Viviane.

Nom de Morgane

Il signifie née (gan) de la mer (mor).

Morgane, méchante sorcière ?

On a l'habitude de présenter Morgane comme une femme luxurieuse et une épouvantable sorcière, alors qu'il n'en est rien. Il ne faudrait pas oublier que ce sont les fées qui ont confié Excalibur à Arthur et que c'est Morgane elle-même qui a brodé le fourreau magique de cette épée qui protège le roi de toute blessure fatale au combat. Si Morgane cherche par la suite à lui reprendre cet objet magique, c'est qu'Arthur n'est pas resté fidèle à ses origines celtes.
Morgane s'oppose à Guenièvre essentiellement parce que celle-ci est chrétienne, alors que Morgane est une des dernières prêtresses de l'ancienne tradition païenne – ou encore une druidesse.
Elle cherche à protéger la Bretagne de l'influence grandissante des prêtres et donc de celle de Guenièvre, de nature très pieuse. Morgane a été diabolisée par la religion chrétienne émergeante, au même titre que les fées et tous les esprits de la nature. En tout cas, elle constitue l'aveu éclatant de l'origine celtique de tout le cycle de la Table Ronde. Morgane est la dernière représentante de ceux qui tentent de maintenir les anciennes traditions de la nature. Plus que ça, elle est une femme libre, qui échappe au carcan dans lequel les chrétiens veulent désormais enfermer les femmes. Dans son « Val sans retour », elle capture les chevaliers qui ont manqué à leur serment envers leur dame. Si Morgane était vraiment si maléfique, on peut se demander pourquoi ce fut elle qui emmena le roi Arthur blessé dans l'île d'Avalon, où elle veille depuis sur sa « dormition ».

Val sans Retour

Morgane a créé ce val enchanté dans la forêt de Brocéliande pour se venger des hommes infidèles, suite à sa mésaventure avec un certain Guyomard, qui la trompait avec une autre. Mais ce Val sans Retour n'est pas un endroit épouvantable, loin de là. C'est même un monde de délice, où l'on mange et l'on boit bien, avec jeux, danses et joyeuse compagnie, mais un monde où les chevaliers coupables d'avoir trahi leur dame – même en pensée seulement – perdent la notion du temps. Quant à ceux qui essaient quand même d'en sortir, ils

Morrigane

C'est le nom de l'ancêtre celtique de Morgane : celui de la déesse au triple visage des fameux Tuatha Dé Danann, les anciennes divinités de l'Irlande pré-chrétienne. « Morrigane » signifie : « grande reine ». Elle a le pouvoir de se changer en corneille, comme la Morgane des romans arthuriens et apparaît tantôt sous les traits d'une femme à la beauté époustouflante et froide, tantôt sous l'aspect d'une vieille femme.

Les prêtresses de l'île de Sein

Les Gaulois croyaient à l'existence dans l'île de Sein de neuf prêtresses qui avaient le pouvoir d'exciter ou d'apaiser les tempêtes, de prendre toutes sortes de formes et de guérir toutes les maladies. L'une d'elles, la plus puissante, s'appelait Morgane…

Onguent de Morgane

Cet onguent chasse de la tête, paraît-il, la rage la plus furieuse. Il faut en frictionner la tempe et le front, mais en veillant à ne pas en appliquer trop ni ailleurs, car l'effet est alors contraire.

croient voir à l'extérieur des géants et des bêtes si effrayantes qu'ils retournent bien vite dans leur petit paradis. Ce qu'ils ne savent pas c'est que, tout comme ce paradis, les monstres ne sont que des illusions créées par Morgane et qu'il leur suffirait simplement d'avancer pour sortir du val enchanté. Malheureusement, ceux qui finissent par en trouver la sortie s'aperçoivent alors que bien des années sont passées et que leur jeunesse s'est enfuie.
Lancelot brisera définitivement cet enchantement grâce à son amour adultère mais fidèle pour Guenièvre. Dès qu'il pénétrera dans le val, les yeux des prisonniers s'ouvriront et ils s'apercevront que tout n'est que fantasmagorie. Les promeneurs qui passent aujourd'hui par le Val sans Retour n'ont donc plus rien à craindre, sauf peut-être s'ils se mirent dans le petit lac au fond du Val, où ils risquent de s'apercevoir tels qu'ils sont vraiment...

La fée Viviane

Un jour, dans la forêt de Brocéliande, Viviane rencontre Merlin au bord de la fontaine de Barenton. Dès qu'il la voit, l'Enchanteur sait qu'il est désigné pour l'aimer et être aimé d'elle et qu'il lui sera soumis entièrement.
Viviane lui demande quelle profession il exerce et Merlin répond : « Soulever des châteaux, ou marcher sur un étang sans se mouiller les pieds, ou faire courir une rivière là où il n'y en a pas ».
Viviane est vivement intéressée. Elle promet à Merlin son amour s'il lui montre ses tours. Merlin ne peut résister. De sa baguette, il trace un cercle sur le sol et fait apparaître un magnifique château, rempli de tout un beau monde qui danse et festoie. Puis, sur un signe de Merlin, la fête disparaît, sauf un verger nommé « repaire de joie » que Merlin offre à Viviane. Après quoi, il lui apprend certains tours, que Viviane note scrupuleusement sur un parchemin, le premier étant l'art de faire apparaître une rivière. Puis, Merlin s'en va pour retourner à la cour du roi Arthur en promettant à Viviane de revenir. À partir de cet instant, l'Enchanteur n'a de cesse de rejoindre la jeune femme dès qu'il le peut et il cède à tous ses caprices.
C'est ainsi qu'elle lui demande un jour comment endormir un homme aussi longtemps qu'elle le voudrait. La jeune femme lui explique que c'est son père, Dyonos, qu'elle voudrait endormir, afin de rejoindre Merlin quand elle le veut, mais l'Enchanteur n'est pas dupe et refuse. Viviane ne s'en formalise pas, parce qu'elle sait qu'elle parviendra à ses fins. Et c'est ce qui arrive, en effet. À leur rencontre suivante, Merlin apprend à Viviane tout ce qu'elle désire, y compris d'autres tours qui pourraient bien se retourner contre lui. L'Enchanteur est conscient de cela, mais il ne peut résister à Viviane, non seulement parce qu'il en est amoureux, mais aussi parce qu'elle l'accueille avec de plus en plus de tendresse à chaque fois.
Et vient le jour où sa bien-aimée lui demande le secret pour rendre à jamais quelqu'un captif, sans murs ni cachots. Merlin sait bien que c'est lui que Viviane veut enfermer, et il accepte quand même, en lui demandant toutefois un délai.
Il se rend alors une dernière fois à la cour du roi Arthur pour prodiguer ses ultimes conseils et prendre congé.

Portrait de Viviane

D'allure très juvénile, voir enfantine, Viviane est aussi blonde que Morgane est brune. Mince, le front légèrement bombé, le nez un peu retroussé, elle est dotée d'une longue chevelure blonde et bouclée et possède de grands yeux, à l'innocence irrésistible.

Les trois mots magiques

Merlin révèle à Viviane trois mots magiques qui permettent, quand on les porte sur soi, de se préserver d'appartenir à un homme. En révélant cette recette de magie à Viviane, Merlin sait bien qu'il joue contre lui-même, mais il cède, comme d'habitude.

Le lac de Comper

Dans la forêt de Brocéliande se trouve le lac de Comper, dont les eaux dissimulent un merveilleux palais de cristal que Merlin fit apparaître pour Viviane. C'est là que la fée éleva ensuite le jeune Lancelot qu'elle avait enlevé à sa mère, la reine de Bénoïc. D'où les noms « la Dame du Lac » pour Viviane et « Lancelot du Lac », pour Lancelot. Ce château merveilleux est uniquement visible pour certaines personnes, comme l'explique Merlin à Viviane en le lui offrant :

« C'est votre manoir, ma mie. Jamais personne ne le verra qui ne soit de votre maison, car il est invisible pour tout autre, et aux yeux de tous il n'y a que de l'eau. Si, par envie ou par traîtrise, quelqu'un de vos gens révélait le secret, aussitôt le château disparaîtrait pour lui et il se noierait en croyant y entrer ».

C'est dans ce château que Viviane habitera désormais, devenant la Dame du Lac, détentrice de l'épée de souveraineté, Excalibur, qu'elle remettra à Arthur.

Origine de Viviane

Selon certaines versions, la jeune fille serait fille d'un vavasseur, c'est-à-dire d'un petit seigneur de Camper, et il aurait nommé sa fille ainsi parce qu'il trouvait qu'elle n'était bonne à rien : en chaldéen, le nom de Viviane signifie : « rien n'en ferai ». La jeune Viviane passait son temps à se promener dans la forêt...

L'arbre et la source

Viviane est toujours associée à la source, lieu hautement sacré pour les Celtes, et Merlin est toujours associé à l'arbre, puissant symbole de la terre. Ce n'est donc peut-être pas un hasard que tout deux soient amants. En fait, la source est le symbole inversé de l'arbre, auquel elle ajoute une idée de fécondité. Entre l'arbre et la source, les énergies divines s'exercent sans retenue. C'est un point où convergent toutes les forces du monde et de l'Autre Monde. Près de la fontaine de Barenton, il y a d'ailleurs un pin sur lequel Merlin prophétisait.

Fontaine de Barenton

Située dans la forêt de Brocéliande, la fontaine de Barenton est entourée d'un bâti en pierres sèches surmonté d'une pierre de dolmen nommée « Perron de Merlin ». Cette fontaine est un lieu de culte depuis la nuit des temps, car elle se trouve sur un ancien sanctuaire druidique dédié au feu solaire, Belenos. Contrairement à la majorité des fontaines en France, elle n'a jamais été christianisée, c'est-à-dire qu'aucune chapelle, aucune croix n'a été apposée sur son emplacement. Elle est également

connue pour être la fontaine de l'eau qui bout, bien qu'étant froide, car des bulles se forment naturellement à sa surface.
Cette fontaine a de nombreux pouvoirs :
– Si on verse de l'eau sur le « Perron de Merlin », on déclenche un violent orage.
– Elle fait venir la pluie : jusqu'au XVIIIe siècle, les années de sécheresse, on pouvait assister à des processions (menées par un prêtre !) pour demander à la fée des lieux de faire pleuvoir.
– Elle guérit de la folie : il suffit de boire son eau. Le village voisin s'appelle Folle-Pensée, qui vient de Fol-Pansit, signifiant : « qui guérit de la folie ».

Connaissance et sexualité

Viviane sera l'élève de Merlin et en même temps son grand amour. Dans la tradition celtique, comme dans de nombreuses civilisations, l'accès à la connaissance va de pair avec des relations sexuelles avec le maître, car la connaissance se transmet autant par la voie intellectuelle que par la voie sensorielle.

Critères de la beauté médiévale

Pour la femme : tresses blondes, front limpide, yeux brillants, nez parfait, teint de lys et de rose, dents d'ivoire dans une bouche souriante.
Pour l'homme : cheveux d'or, teint de lys et de rose, nez et bouche bien faits, taille bien prise.
Les critères sont donc à peu près les mêmes pour les femmes et les hommes, le plus caractéristique étant le « teint de lys et de rose », un subtile mélange de couleurs qui rappelle des gouttes de sang sur la neige. Par ailleurs, hommes et femmes ont les cheveux longs au XIIe siècle. Les femmes séparent leur chevelure par une raie médiane, puis les tressent en deux nattes ou bien entrelacent chacune des moitiés de leur chevelure de rubans précieux, avant de se couronner éventuellement de cercles d'orfèvrerie ou de bandes d'étoffes brodées de fils de couleur, souvent d'or et d'argent.

Beauté féerique

L'extrême beauté est un des indices principaux qui permet d'identifier un personnage féerique.

IV

Merlin et l'Autre Monde

Merlin est lié à l'Autre Monde à plus d'un titre.
D'abord, parce qu'en tant que druide
il a pour prototype le druide divin qu'est Dagda,
souverain de l'Autre Monde.
Ensuite, parce qu'il est en relation étroite
avec Morgane, maîtresse de l'île d'Avalon,
un des hauts lieux de l'Autre Monde.

Qu'est-ce que l'Autre Monde ?

Autre nom de l'Autre Monde

« Sidh », qui étymologiquement veut dire « paix » en gaélique.

L'Autre Monde se différencie considérablement du paradis chrétien en ceci qu'il est proche du monde des humains et que ce n'est pas un royaume des morts. C'est l'île des fées, située dans un hors-temps : un monde de paix et de festins éternels, où les fées magiciennes habitent, se promènent, festoient et aiment.
Ce monde est parallèle au nôtre et certains humains peuvent y pénétrer, car les fées se sont toujours éprises des hommes, leur préférence allant aux rois, aux grands guerriers et aux héros.
Certains naufragés ont ainsi vu venir vers eux des barques de verre ou de cristal, conduites par des passagères d'une beauté merveilleuse et qui leur ont prodigué les soins les plus attentifs.

Où se situe l'Autre Monde ?

L'Irlande a localisé l'Autre Monde dans trois endroits :
– Au-delà de l'horizon de la mer, à l'ouest, dans une île fortunée appelée *Mag Meld* (la plaine de la joie) dans les récits mythologiques irlandais, ou île d'Avalon, dans la tradition bretonne.
– Sous la mer ou au fond des lacs, dans des palais d'or et de cristal, dont l'entrée apparaît quelquefois fortuitement.
– Dans la profondeur des collines mégalithiques.
Lorsque les occupants actuels de l'Irlande arrivèrent, leurs prédécesseurs divins, les Tuatha Dé Danann, furent contraints de se réfugier sous terre, où ils construisirent de magnifiques demeures souterraines, que des monticules signalent aux yeux des humains. Ils y mènent la même vie qu'autrefois, en se mêlant de temps en temps aux humains, de qui ils n'exigent en compensation qu'un culte célébré à leur souvenir. Désormais invisibles, les Dé Danann ont pris un nouveau nom : *aes sidhe* (race des tertres), et c'est de cette appellation abrégée en *sidhe* ou *shee* que le peuple irlandais continue à nommer le peuple invisible des fées.

Gué

Dans tous les textes celtiques, le gué est le lieu obligatoire des combats singuliers, parce qu'il symbolise un passage difficile d'un monde à un autre ou d'un état intérieur à un autre. Beaucoup de localités irlandaises sont des gués, Dublin en premier, dont le nom gaélique contemporain, « Baile Atha Cliath », signifie « la ville du gué des baies de roseaux ».

Comment vit-on dans l'Autre Monde ?

Pour les humains qui ont la chance d'être admis dans l'Autre Monde, l'existence est un délice sans fin : tous les fruits (surtout les pommes) y poussent naturellement et en abondance, les prés sont couverts de fleurs éternelles et de l'hydromel coule dans le lit des fleuves.
Les guerriers ont pour compagnes des fées d'une beauté extraordinaire, la vie se déroule en tournois et festins au cours desquels ils dégustent des mets et breuvages féeriques, et personne n'est jamais malade ni ne meurt.
Seul problème : comme l'Autre Monde

échappe aux contraintes de l'espace-temps, les humains qui retournent dans le monde ordinaire après un séjour sur l'île fortunée peuvent avoir des surprises : ils auront cru être absents quelques mois, alors que des siècles se seront passés. En fait, il n'est quasiment pas possible de retourner parmi les mortels après avoir vécu dans un monde à l'éternel présent, car on en ressort irrémédiablement transformé. L'intelligence humaine ne peut concevoir en effet la notion d'éternité et si vous la concevez, c'est que vous avez plus ou moins quitté l'espèce humaine.

Les îles au nord du monde

Les Celtes ont placé dans les « îles au nord du monde », qui sont au nombre de quatre, l'origine mythique des druides, car c'est là qu'habitait le peuple des Tuatha Dé Danann. Les voyageurs grecs et même César ont cherché vainement ces îles, qui symbolisent en réalité un endroit inaccessible, où l'initiateur et l'initié sont coupés du monde. Ce sont de ces îles que proviennent les quatre « talismans » fondamentaux de la mythologie celtique :

- *La pierre de Fâl (ou Lia Fâil)*
- *La lance de Lug*
- *Le glaive de Nuada*
- *Le chaudron de Dagda.*

Comment pénétrer dans l'Autre Monde ?

Il faut passer une frontière. Celle-ci est une fontaine, un gué, une rivière, la mer autour d'une île, un château. Il y a des dates qui permettent ces passages, car alors les frontières entre notre monde et l'Autre Monde s'ouvrent. La plus favorable est le premier novembre, fête de *Samai*, un jour « hors temps », puisqu'il n'appartient ni à l'année qui se termine ni à celle qui commence. Cette fête était marquée jadis par de grands festins, qui imitaient ceux qui ont cours en permanence dans l'Autre Monde.

Quelques fées de l'Autre Monde

Outre Morgane, certaines fées apparaissent dans les romans signés de Chrétien de Troyes.
Les indices qui invitent à les placer dans la féerie sont leur extraordinaire beauté, leur lien avec une fontaine, une rivière ou un verger, et le pacte qui les lie à un homme chargé de les défendre. En voici quelques-unes :

Les quatre brodeuses de la robe du couronnement d'Érec, un des chevaliers d'Arthur. La première a composé le portrait de Géométrie, la seconde a représenté Arithmétique, la troisième Musique, la quatrième Astronomie. Ces portraits étaient brodés et tissés en fils d'or et la fourrure des bordures provenait de bêtes étranges, nommées berbiolettes, originaires d'Inde, qui avaient la tête toute blonde, le cou noir comme des mûres, le dos vermeil, le ventre noir et la queue indigo.

L'amie de Mabonagrain, une sorte de géant : la fée l'a enfermé dans un verger magique dont il doit défendre l'entrée.

La très belle et très coquette Maligne Demoiselle, que le chevalier Gauvain trouve sous un if dans son jardin, et qui le pousse à aller lui chercher son palefroi à la tête bicolore (autre indice de féerie), au risque d'être décapité par un chevalier de haute taille. Une des joues de ce cheval est toute blanche, l'autre noire comme une corneille, et entre les deux se trouve une raie plus verte qu'une feuille de vigne qui sépare le noir du blanc. Mais comme son nom l'indique, la Maligne Demoiselle est une mauvaise fée.

Laudine : l'époux de cette fée doit défendre l'entrée du domaine marquée par la fontaine de Barenton.

V

Les pouvoirs de Merlin

Les pouvoirs surnaturels que détient Merlin semblent mis à la disposition de cet être hors du commun pour lui permettre d'acquérir la Connaissance en vue d'aider le monde. L'Enchanteur détenait ces pouvoirs dès sa naissance, mais son séjour solitaire dans la forêt les a considérablement renforcés. C'est en effet par une ascèse que s'obtient la maîtrise des énergies invisibles, et ce n'est qu'en pleine nature qu'on peut percevoir lesdites énergies.

La sagesse de l'animal

Si Merlin aime à se transformer en animal, c'est aussi pour pouvoir vivre de l'intérieur ce monde des instincts, que l'humain a si puissamment refoulé sans comprendre que ce n'est pas un sous-monde, mais qu'il nous met au contraire en lien direct avec toute la Création.

Déplacement sous forme d'un corbeau

Une des facultés les plus impressionnantes de Merlin – qu'il a d'ailleurs transmise à son élève Morgane – est de se transformer en corbeau pour se déplacer. D'ailleurs, le nom français de Merlin est un dérivé de Merle, ce qui veut dire aussi, comme l'écrit Jean Markale, que l'Enchanteur est un persifleur, un impertinent.

Prophétie

Chez Merlin, le don de prophétie lui vient de la divinité – que l'on peut appeler esprit de la Nature ou Dieu.

Cette volonté divine qui se manifeste en lui, lui permet également d'accéder à la divine sagesse.

Magie

Les prouesses de Merlin sont innombrables. En voici quelques-unes :

– Il fait voler les pierres de Stonehenge par-dessus la mer.

– Il fait apparaître le perron merveilleux portant l'épée qui désignera le futur roi de Bretagne.

– Il fait jaillir Excalibur des eaux.

– Il donne à Uther Pendragon l'aspect du Seigneur de Tintagel.

– Il fait apparaître un château, dissimulé sous le miroir de l'eau.

Polymorphie

C'est le don le plus significatif de Merlin. L'Enchanteur peut se transformer en quelque animal que ce soit, prendre n'importe quelle apparence humaine, jeune ou âgée, ou même habiter plusieurs corps à la fois, comme quand on le voit accompagné d'un loup qui n'est en réalité qu'un avatar de lui-même.

Mais si Merlin change de forme, ce n'est qu'à des fins bien déterminées et non par fantaisie. Il s'agit avant tout de montrer la nécessité de dépasser les apparences. Quand il se présente à Uther Pendragon sous plusieurs visages, le roi finit par le reconnaître derrière ses déguisements.

Le dépassement des apparences conduit également à reconnaître l'existence d'une essence première, ou matière première, comme il est dit en alchimie : cette « prima matéria » renvoie à une commune nature matérielle, d'où toutes les substances seraient issues. C'est le Mercure alchimique, qui incarne aussi le Soi. Il est dit que prendre conscience d'une réalité matérielle originelle ouvre la voie de la Sagesse.

Déplacement sous forme de loup

On voit souvent le Merlin celtique revêtu d'une peau de loup, ou encore accompagné d'un loup.

Pouvoir des druides

Les pouvoirs de Merlin ne sont guère différents des pouvoirs que l'on attribuait aux druides :

Pouvoir de transformer leur aspect, y compris en animal : les druides étaient réputés en particulier pour leur faculté de se déplacer sous forme d'oiseau.

Pouvoir de prédiction : les druides prévoyaient les victoires et les catastrophes, ils indiquaient quel allait être le destin d'un enfant à naître, et de quelle façon les personnes périraient.

Pouvoir d'invisibilité : le druide était par définition le maître de l'invisible, puisqu'il dialoguait avec la divinité.

Harpe

Merlin communique avec les animaux grâce à sa harpe. Dagda, le dieu des druides, possédait une harpe, lui aussi. Cette harpe contenait toutes les mélodies de tous les instruments possibles et Dagda en tirait « les trois airs par lesquels se distingue un harpiste » : l'air du sommeil, l'air du rire et l'air de la plainte. La musique avait en effet une importance extrême chez les druides, pour qui les sons permettaient d'ouvrir les frontières de l'invisible et par là de communiquer avec la divinité.

Compréhension du langage des animaux

En comprenant le langage des animaux, Merlin a une voie d'accès direct à la divinité. Car ce que disent les oiseaux, les sangliers, les cerfs, les ours, est une parole non conceptualisée, qui est la parole même de la Nature, dont nous faisons partie. Merlin comprend les animaux et c'est pourquoi sa conscience s'étend dans l'espace infini où ne vont pas les hommes. Il peut communiquer avec les dieux et l'Au-delà.

Don d'invisibilité

Encore aujourd'hui, certains promeneurs dans la forêt de Brocéliande ont le privilège d'entendre le « brai » de Merlin. Ils ne le voient pas – pas plus qu'une étrange vapeur qui les enveloppe, au mieux – mais l'entendent.

Pouvoir sur le règne végétal

Merlin fait jaillir des sources, des vergers. Là où il plante un bâton, un arbre s'épanouit bientôt...

Âge d'or

Il est dit que dans les temps mythologiques, les hommes et les animaux vivaient en paix et se comprenaient : c'est ce qu'on appelle l'âge d'or.

VI

« *Enserrement* » *de Merlin*

Dans le cycle des histoires médiévales, Merlin connaît son avenir, mais il ne fait rien pour échapper au sort qui l'attend. C'est ainsi qu'il finit par céder à la prière de Viviane, qui veut savoir comment enfermer un homme à tout jamais dans une prison d'air. Un jour qu'il dort, la jeune femme fait donc neuf fois le tour de l'Enchanteur en prononçant des incantations, et quand il se réveille, Merlin comprend qu'il ne pourra plus jamais sortir de ce cercle enchanté où Viviane le retient prisonnier. C'est ce qu'on appelle l'« enserrement » de Merlin. Depuis lors, personne n'a jamais revu l'Enchanteur, mais on entend parfois sa voix dans la forêt de Brocéliande – le « brai de Merlin » –, où il raconte à qui veut l'entendre qu'il est parfaitement heureux avec celle qu'il aime et ne voudrait revenir pour rien au monde parmi les humains.

Conclusion : que ce soit dans la version celtique ou dans le récit médiéval, Merlin se retire définitivement dans la forêt, ce qui montre bien que son enfermement est volontaire. Merlin est et demeure l'homme des bois. Lui et Viviane sont à jamais retirés du monde, vivant un amour absolu à l'intérieur de la forêt, enclos dans un Autre Monde, aux murs d'air invisibles. C'est, comme le dit Jean Markale, l'union sacrée du dieu-frère et de la déesse-sœur, formant un couple divin, seul capable d'accéder à la sagesse suprême. Cet enfermement est le prix à payer pour accéder au monde de la réalité ultime.

Dans d'autres versions, Merlin ne se laisse pas enfermer par Viviane, mais absorber par la forêt. C'est ce qu'écrit Barjavel dans *l'Enchanteur* : « Le corps de Merlin avait disparu. Il s'était fondu dans la forêt, confondu avec elle, il était devenu bois vif, écorces, racines, feuilles vertes et feuilles mortes, graines germées, sèves montantes, odeurs mouillées, couleurs lavées que le soleil revenu réchauffait et caressait. Il était dans tous les arbres, de tous âges et de toutes tailles, dans leurs branches et leurs feuilles, leurs fruits et leurs bourgeons. La bienveillance tranquille de la forêt et sa force sans limites l'emplissaient, et il emplissait la forêt de sa compréhension, de sa gratitude et de son amour ».

Fondu dans la forêt ou enclos à l'intérieur, l'Enchanteur ne meurt pas et laisse deux élèves, Morgane et Viviane. Morgane est chargée de la « dormition » d'Arthur, en l'île d'Avalon, et Viviane – qui éduquera le futur chevalier Lancelot du Lac – se laisse encore de nos jours complaisamment invoquer par le promeneur averti, en sa forêt de Brocéliande.

Sacrifice

Si l'on admet que Merlin se sacrifie à Viviane, il est bon de connaître l'étymologie du mot « sacrifier », qui vient du latin « sacrum fieri », signifiant : « être fait sacré ».

Traces de Merlin en Brocéliande

Pour trouver Merlin, il suffit de se rendre à un certain cromlech dans la forêt de Paimpont (anciennement Brocéliande), sur lequel ont trouve l'inscription suivante : « Ici a été enfermé Merlin l'Enchanteur par la fée Viviane ». On dit que l'esprit de Merlin erre dans la forêt, apparaissant aux mortels pour leur prédire l'avenir.

Les tombeaux de Merlin

Dans les quelques rares versions où Merlin serait mort, il en est de son tombeau comme de sa naissance : on lui en attribue plusieurs. Il y en a notamment en Grande-Bretagne, aux frontières de l'Écosse, là où vécut le chef militaire ou roi Myrddhin, mais on en situe un aussi dans la forêt de Brocéliande, un peu au-dessus de la Fontaine de Jouvence. Il s'agit d'un dolmen qui, jadis, se trouvait au centre d'un tertre mégalithique sur lequel pousse le houx, symbole de vie éternelle.

Fin des druides

L'enseignement des druides étant oral, il est devenu rapidement sans valeur par rapport à l'enseignement écrit en latin, langue qui procurait les honneurs et qui a commencé à être enseigné au sein d'écoles, dès que les Romains ont conquis la Gaule.

Romanisation et christianisation

La civilisation celtique a été anéantie par les Romains, qui ont construit des routes et des villes et pratiqué une politique de répression à l'égard des druides. L'empereur Auguste donna l'interdiction aux Gaulois qui voulaient devenir citoyens romains de pratiquer leurs rites et Tibère les persécuta. De même, les dieux gaulois furent assimilés aux dieux romains : la triade Taranis, Teutates, Esus devint Jupiter, Mercure et Hercule. Mais les anciens dieux gaulois n'étaient pas tout à fait morts et on les vit réapparaître après la chute de l'Empire romain avec leurs attributs de cornes de cerfs ou de taureaux, tel Cernunos, le père de Merlin. Même les druides réapparurent officiellement au IVe siècle ! En fait, ce n'est pas tant la romanisation qui fit disparaître la civilisation celtique, que la christianisation, qui en absorba habilement nombre d'aspects : tout ce qui avait trait à l'initiation guerrière se retrouva dans la chevalerie, les lieux de culte païens (sources, lacs) furent récupérés par l'Église qui leur adjoignit une statue de saint ou un calvaire, et même les monstres et les dragons du paganisme furent réinterprétés comme autant de représentations du Diable.

Censure chrétienne

Comme ce sont des clercs chrétiens qui ont transcrit et mis en roman les récits autour de Merlin et d'Arthur, des censures et des travestissements ont été pratiqués pour sauvegarder la morale et éviter de choquer les instances religieuses du moment. Mais en fait, il est assez simple de remarquer que les textes arthuriens ne s'expliquent pas en dehors de leur signification pré-chrétienne celtique. En voici une rapide synthèse :

– Gwendyyd, la sœur de Merlin, avec qui l'Enchanteur entretient un amour incestueux, devient la fée Viviane, sans lien de parenté avec lui.

– Merlin est le mentor du roi Arthur, à l'image du couple roi-druide de la tradition celtique, où le roi n'était que l'exécuteur des plans divins révélés par le druide.

– Guenièvre paraît l'épouse chrétienne docile et parfaite, mais elle est surtout indispensable à Arthur pour assurer sa souveraineté. Ce qui explique pourquoi elle refuse de suivre Lancelot en Petite-Bretagne, quand leur liaison est découverte (une reine celtique ne peut quitter sa terre) et aussi pourquoi Mordred, le fils incestueux d'Arthur, tente de l'épouser de force.

– Merlin naît d'une vierge et d'un « diable », qui est en réalité Cernunos, le dieu cornu gaulois.

– La Fontaine de Barenton et la source qui guérit Merlin de sa folie sont des résurgences de l'adoration païenne des sources.

– Merlin a été christianisé pour devenir le porte-parole de Dieu, mais il est en réalité l'archétype du druide : proximité avec la nature, pouvoirs magiques, longue vie, sagesse.

– Morgane est une magicienne supérieure, elle incarne la déesse-mère des dieux celtes.

– Le Saint Graal est l'héritier direct du chaudron-talisman de Dagda, pourvu de vertus merveilleuses : quiconque y trouve sa nourriture à satiété

et lorsqu'on y jette les morts, ils en ressortent bien vivants.
– Viviane est l'image parfaite de la déesse, dont Merlin ne peut être que l'amant pour la servir authentiquement et exclusivement.

Ce qui nous reste de la civilisation celtique

La littérature celtique, essentiellement orale, a pratiquement disparu. L'art également. Seul le prodigieux artisanat gaulois nous est parvenu. Il se distingue surtout dans le domaine de la métallurgie, comme en témoignent les merveilleuses épées en fer aciéré de très bonne qualité, et toutes les armes blanches richement décorées de spirales de métal et d'animaux fantastiques. C'est aussi aux Gaulois que nous devons l'invention du char à quatre roues, de la moissonneuse, et nos ancêtres furent également de très bons charpentiers de navire. Quant aux langues celtiques, ce qui nous en reste dans notre langue française est très limité : à peine plus d'une centaine de mots, dont alouette, auvent, caillou, char, charpente, mouton, soc, sillon ou trogne... En revanche, dans les pays qui ont été peu touchés par la présence romaine (Irlande, Écosse, Pays de Galles et une partie de la Cornouailles), la culture celtique est restée beaucoup plus vivace. D'ailleurs, à la chute de l'Empire romain, les Irlandais devenus entre-temps adeptes du christianisme, ont envoyé des missionnaires catholiques en Gaule et jusqu'en Rhénanie et en Italie, qui ont permis à la culture celtique de subsister, par l'intermédiaire des mythes et légendes véhiculés par leurs récits.

VII

Les leçons de Merlin

Merlin, incarnation du trickster

Chaque société génère le « trickster » dont elle a besoin et Merlin avec son rire, ses facéties et sa conduite hors-norme est un trickster qui réveille les consciences.
Sous le terme de trickster, est désignée une figure mythique de premier plan chez les Indiens d'Amérique du Nord, parfois rendue en français par l'appellation : « joueur de tours », « bouffon divin », « clown sacré ». En effet, l'arme la plus redoutable du trickster est l'humour, parfois cruel, toujours pertinent – ce qui relie le trickster au sage, car sa fonction est d'assouplir la rigidité de la conscience collective. Le trickster ne laisse jamais indifférent. Selon son degré de tolérance personnel, on le hait ou on l'adule.
Mais même si on l'adule, on n'est pas à l'abri de ses méfaits, car le trickster oscille sans arrêt entre la bienveillance et la malveillance, allant bien souvent d'un extrême à l'autre en tout domaine : il peut être gardien de l'ordre ou semeur de confusion, généreux ou mesquin, il détruit autant qu'il construit, il se fait rouler autant qu'il trompe les autres. Il peut également se moquer de lui-même ou être extrêmement sérieux. De toutes manières, il agit de façon tout à fait impulsive, sans se référer à aucune valeur morale.
Car l'effet principal du trickster – qui rejoint le Fou des cartes du tarot – est le renversement, sous toutes ses formes. Renverser l'ordre établi comme renverser le désordre, renverser les consciences trop figées autant que les esprits dispersés, renverser les hiérarchies de valeur en mettant le haut en bas et inversement.
D'après les travaux de l'anthropologue américain Paul Radin, qui a beaucoup étudié la figure mythique du trickster, celui-ci est une sorte de vestige d'un passé archaïque de l'humanité, où la démarcation entre l'humain et le divin n'était pas encore tout à fait nette.
On croit voir tracé le portrait de Merlin... Surtout quand le chercheur ajoute que le trickster est un personnage protéiforme, qui peut notamment s'incarner en toutes sortes d'animaux. Jung rejoint cette analyse en affirmant que le trickster représente une sorte de « préhistoire de l'humanité », une humanité en train d'émerger comme humanité. Dans le cas de Merlin, cet aspect se révèle dans son incarnation en roi celtique devenu fou, qui se réfugie dans la forêt et se met à prophétiser. Mais on retrouve aussi cette figure de trickster dans le Merlin médiéval, né du Diable et d'une vierge, qui parle comme un adulte à l'âge de quelques mois, tient tête au juge puis aux envoyés du roi

Vérité

Merlin dit toujours la vérité, qui est essentiellement la « Vérité cachée du monde », à la manière des alchimistes.

Vortigern qui le cherchent pour le tuer, continue d'inverser les rapports de force par sa connaissance des vérités secrètes – la présence de dragons sous la tour qui s'écroule – , emprunte différents déguisements pour se présenter à Uther Pendragon, ou encore manigance la naissance d'Arthur en permettant à Uther de se présenter sous les traits du mari d'Ygerne. Tantôt infrahumain, quand il est loup ou cerf, tantôt surhumain, avec ses sortilèges, parfois aussi bête que les animaux, parfois aussi créateur que les dieux : tel est le trickster Merlin, incroyable paradoxe, qui unifie la Bretagne mais vit au fond des bois.

Merlin et son « ombre »

Merlin apparaît parfois sous des aspects particulièrement repoussants, comme le décrit Barjavel : « Des bûcherons et des charbonniers l'aperçurent, vieil homme barbu et sale, vêtu de loques, se roulant à terre, hurlant, frappant les arbres de son bâton, sautant plus haut que les plus hautes branches ou bien restant immobile, assis au même endroit pendant des jours et des semaines, sans boire ni manger, les yeux ouverts ».

Ce côté repoussant, bestial, c'est ce que Jung appelle l' « Ombre » , autrement dit notre côté instinctif, sauvage, et tous les côtés obscurs de notre personnalité. Car la forêt représente aussi l'inconscient, avec son clair-obscur, sa population furtive et secrète, son silence feutré. Aller dans la forêt veut donc dire renouer avec son côté obscur, autrement dit retrouver la totalité de son être.

Emma Jung écrit : « Tout se passe comme si cette part de l'inconscient qui unit l'homme au monde animal et au cosmos craignait l'emprise de la conscience et ne se manifestait que dans les cas où l'homme renonce à la supériorité de sa conscience, à l'adaptation sociale et à sa volonté personnelle, pour donner vie à cette composante à la fois plus archaïque et plus prospective de son être ».
Si cette « ombre » est particulièrement développée chez Merlin, on peut l'interpréter comme une leçon qui pourrait nous aider à contacter nous-même cette part sombre que nous refoulons pour satisfaire les besoins d'une société conformiste.
Mais nul ne peut réaliser l'Ombre sans un grand courage et un grand déploiement de force morale, car cette Ombre si épaisse et si profonde met à mal la solidité du moi. C'est d'ailleurs le but : disloquer momentanément ce moi rigide pour retrouver notre fraîcheur et notre créativité. Voilà aussi pourquoi Merlin donne libre cours à sa « folie » dans la forêt plutôt que parmi les hommes. C'est dans la solitude que doivent se régler les conflits surgissant de notre moi le plus profond : une étape nécessaire, mais une étape seulement.

La solitude du sage

La solitude est nécessaire quand on est en chemin sur la voie de la Connaissance, car demeurer auprès des hommes est un défi trop grand. Merlin l'explique lui-même à Uther Pendragon, puis à Arthur, pour expliquer ses départs fréquents, et surtout le dernier, définitif. Il est impossible d'approfondir et de garder la Connaissance tout en menant une existence « mondaine ». Mais, au-delà du risque de se faire « contaminer » par une mentalité frivole, il s'agit avant tout de réaliser une confrontation avec soi-même, permise seulement par la stricte solitude.

Pauvreté

Dans le Merlin celtique, le roi Rydderch, son beau-frère, offre à Merlin toutes les richesses de son royaume pour qu'il demeure à la cour, mais Merlin refuse. Il préfère la forêt, où la simplicité de la nature tranche avec un monde matérialiste, qui est antinomique avec sa quête intérieure. « Ce qui me suffit, à moi, dit-il, ce sont les glands succulents de Céledon et les sources claires qui coulent à travers les prés embaumés ». Le sage se contente de ce que la Nature lui offre. L'attitude de Merlin est comme une mise en garde contre l'attrait du matériel qui est un obstacle sur la Voie de la Connaissance.

Réponse de Merlin à Rydderch

« Que les grands, hantés par la pauvreté, possèdent ces biens ! Ils ne se contentent pas de peu et convoitent toujours davantage. À tout cela, je préfère, moi, les larges chênes de Céledon, les hautes montagnes et les landes verdoyantes à leurs pieds. C'est ce qui me plaît à moi, pas à eux ! Garde tout cela pour toi, Rydderch; quant à moi, la forêt de Céledon fertile en noix sera ma demeure que je préfère à tout au monde. ». (Robert de Boron).

Merlin et le féminin

Jung nous explique que la forêt a un sens féminin, à cause de sa puissante force de fécondité, tant sur le plan végétal que sur le plan animal. En se réfugiant dans la forêt, Merlin part donc à la rencontre de la féminité, qu'il trouve ultimement en la personne de Viviane. Cette féminité est aussi sa propre féminité, et elle permet à Merlin d'accéder à une prise de conscience globale qui ne peut se faire que par la réunion en soi-même des deux principes masculins et féminins, à savoir les deux composantes de l'Androgyne originel.

L'âme

« L'imago de la femme figure l'âme de l'homme, qui aspirera à trouver une compagne qui puisse recevoir avec aussi peu d'inconvénients que possible la projection de son âme ».

(Jung)

Elfes

Merlin druide

Merlin est une incarnation du dieu irlandais Dagda, le druide des dieux, le dieu-druide.
Comme Dagda, Merlin exprime la totalité de l'être réconcilié avec lui-même, y compris les parts d'ombre, y compris les parts animales. Il n'y a plus de Bien et de Mal, rien n'est séparé.
Cet équilibre était le point le plus important pour les Celtes.

Préceptes druidiques

Pour être un bon druide, il faut savoir suivre certaines règles. En voici quelques-unes :

1- *Se connaître est bien, se maîtriser est mieux.*

2- *C'est par l'exercice que tu acquerras la puissance de la volonté, par l'exercice que tu la garderas.*

3- *Ne laisse pas la crainte ni le doute te paralyser, ils limitent et détruisent tout.*

4- *Ce qu'il convient de faire, décide-le; ce que tu as décidé, entreprends-le; ce que tu as entrepris, achève-le.*

5- *Si rude et si obscure que soit la tache quotidienne, accomplis-la dans la joie.*

6- *Ne ralentis pas ton ascension par un lest inutile, composé d'orgueil et de suffisance.*

7- *Sache vaincre toute fatigue de ton corps, tout faux pas de ton esprit, toute défaillance de ton âme.*

8- *Si tu ne peux modifier les hommes et les événements à l'image de tes désirs, que du moins ce ne soit pas eux qui te modifient.*

9- *Mets ton point d'honneur à n'avoir de serviteur que toi-même.*

10- *N'érige pas autrui en juge de tes actions.*

11- *En quelque circonstance que tu te trouves, demeure comme une île au milieu des vagues, comme une montagne au milieu des nuages.*

12- *Garde ton sang-froid dans tout danger.*

13- *Ne te force jamais : prends patience, garde la joie et le sourire, vise à l'harmonie.*

14- *Apprends de l'étranger ce qui peut t'être utile, mais ne cherche pas à l'imiter.*

15- *Utilise analogies et symboles, ils te permettront de penser et de comprendre là où finit la raison, où il te manque les mots pour exprimer ta pensée.*

16- *Apprends que toute pensée est stérile, si elle n'est pas rendue vivante par l'émotion ou le sentiment. Elle est alors semblable à une coque vide.*

17- *Pense en image, précise tes pensées, résume le tout par un symbole qui deviendra pentacle.*

18- *Grâce à ces conseils tu garderas la loi, et tu t'élèveras au-dessus de toi-même.*

Créé pour être un Messie à l'envers, Merlin a inversé son destin grâce à la pureté de sa mère. Il accomplit l'œuvre que Dieu lui a dictée, mais sans y réussir vraiment, puisque le royaume d'Arthur sombre dans l'anéantissement. Cela n'a guère d'importance, d'une part parce qu'Arthur reviendra, comme il est dit, quand l'époque sera meilleure, d'autre part parce que l'aura de Merlin va bien au-delà de ce qu'il a entrepris, de ses échecs et de ses succès. D'ailleurs, tout se passe comme si en mettant Arthur sur le trône, Merlin préparait déjà sa chute : les alchimistes diraient que Merlin incarne l'aspect duel du Soi. Quoi qu'il en soit, notre Enchanteur nous propose une manière d'être entièrement nouvelle. Il est l'incarnation parfaite de la folle sagesse, décrite dans le bouddhisme, en particulier par le maître tibétain Shögyam Trungpa, qui s'appuie sur le personnage de Padmasambhava, si étrangement proche de Merlin. Cette folle sagesse est en fait une merveilleuse qualité d'enfant, cette qualité complètement jeune, curieuse de tout. « Cette qualité d'enfant est la qualité d'éveil », écrit le maître tibétain. « Du point de vue de la folle sagesse, ajoute-t-il, cet éveil n'a pas grand-chose à voir avec le fait d'être vieux et sage. Il y a une qualité d'intrépidité. Ne pas considérer le monde comme un ennemi. Ne pas croire que le monde va nous attaquer si nous ne faisons pas attention à nous. Cette curiosité naturelle est la qualité du jeune prince Padmasambhava. C'est l'exemple même de la simultanéité de l'insouciance et de la plus grande attention ».
Comme Merlin et comme Padmasambhava, nous pouvons nous débarrasser de nos peurs et oser être nous-même, pour agir avec précision et légèreté… Mais être tout banalement ce que l'on est ne peut paradoxalement se faire sans une longue initiation. Il s'agit de désapprendre nos habitudes, de défaire la programmation de notre esprit pour élargir notre conscience en permettant à de nouvelles énergies de devenir disponibles. Aujourd'hui, il est peut-être

Critiques contre Merlin

Certains auteurs jungiens pensent qu'en se laissant emprisonner définitivement par Viviane, Merlin échoue en fait à la prise de conscience de sa féminité. Incapable de la contacter, il se lie à elle, de sorte que la réalité de son anima (sa partie féminine) lui reste inconsciente. De même, Viviane refoule profondément son animus (partie masculine), d'où un échec complet du couple qui ne trouve d'autre solution que de rester ensemble à jamais…

un peu difficile d'aller vivre dans la forêt, qui d'ailleurs est devenue très civilisée, mais comme Merlin, on peut essayer de trouver la solitude de temps à autre : histoire de réapprendre à savoir qui on est vraiment en oubliant l'opinion que les autres ont de nous, comme nous l'enseignent les druides. Laissons à ce grand spécialiste de Merlin et du celtisme qu'est Jean Markale le mot de la fin, qui est plutôt le début d'une vraie réflexion : « Face à l'orgueil romain qui prétend que l'on peut dominer le monde par la force, face au Christianisme qui fait de l'Homme le Roi de la Création, la doctrine druidique démontrait l'appartenance de l'Homme à la totalité de la Nature et insistait sur l'interdépendance des êtres et des choses »...

Les poèmes de Merlin

Un nombre phénoménal de poèmes est attribué à Merlin,tous intéressants à étudier pour mieux comprendre le message de l'Enchanteur.

Le mot du druide

« Avoir l'esprit clair, c'est savoir et comprendre qu'il y a en toutes choses un degré d'incertitude qui doit être accepté ».

Le Merlin alchimique

Merlin a beaucoup de points communs avec cette substance mystérieuse qu'est le Mercure alchimique, Dieu secret de la nature :

– Tous deux sont capables d'infinies métamorphoses.

– Tous deux sont comparés tantôt au Christ, tantôt à l'Antéchrist.

– Tous deux possèdent la nature du trickster.

– Tous deux vivent cachés.

– Tous deux se tiennent à l'arrière-plan de la transformation du « Roi » et sont liés aux dieux de l'amour.

– Tous deux sont malicieux et doubles.

– Tous deux provoquent la folie ou en sont les victimes.

– Tous deux sont liés à l'expérience de la divinité dans la nature ou dans l'inconscient.

Dangereux Merlin ?

La figure de Merlin a donné lieu à une production littéraire dithyrambique. On vit ainsi apparaître des « Prophéties de Merlin », contenant des allusions déguisées aux institutions politiques et religieuses de l'époque. Beaucoup de ces ouvrages critiquaient l'Église, de sorte que celle-ci conclut que les publications consacrées à Merlin étaient dangereuses.

Le concile de Trente (1545-1563) mit le Merlini Angli liber obscurarum praedictionum (le Livre des sombres prédictions de l'Anglais Merlin) à l'index, ce qui donna un coup d'arrêt à cette production littéraire.

Padmasambhava, ancêtre de Merlin

« Padmasambhava est né d'un lotus, sans parents, parce qu'il n'avait pas besoin d'être éduqué. Il n'avait pas besoin de parents pour faire de lui un adulte sensé et responsable. Lorsqu'il naquit du lotus, dit-on, il ressemblait à un garçon de huit ans. Mais on pourrait dire qu'il en avait déjà quatre-vingts. Il n'y a pas de limite d'âge. Quel que fût son âge, il restait un jeune bébé, ou disons un vieux bébé. Cela revient au même » (Chögyam Trungpa).

Bibliographie

– Emma Jung, Marie-Louise Von Franz : *La Légende du Graal*, éditions Albin Michel.
– Laurence Camiglieri : *Contes et légendes des chevaliers de la Table Ronde*, éditions Pocket Junior.
– François Johan : *Les Enchantements de Merlin*, éditions Casterman.
– Chrétien de Troyes : *Œuvres complètes*, éditions Gallimard, Bibliothèque de la Pléiade.
– Jean Markale : *Brocéliande et l'énigme du Graal*, éditions Pygmalion.
– Christian-J. Guyonvarc'h et Françoise Le Roux : *La Civilisation celtique*, Petite bibliothèque Payot.
– Fabrice Midal : *L'Esprit de la chevalerie*, Presses de la Renaissance.
– *Dictionnaire des symboles* éditions Robert Laffont.
– *Dictionnaire de la mythologie*, éditions Larousse.
– *Questions de mythe et d'histoire*, éditions Albin Michel.
– Sir Thomas Malory : *Le Morte d'Arthur*, éditions Corentin et la Table d'Émeraude.
– Anne Berthelot : *Arthur et la Table Ronde : la force d'une légende*, éditions Gallimard, collection Découvertes.
– Shögyam Trunkpa : *Folle Sagesse*, éditions du Seuil.
– Jean Markale : *Merlin l'Enchanteur ou l'éternelle quête magique*, éditions Albin Michel.
– Jean Markale : *Le Roi Arthur et la société celtique*, éditions Albin Michel.
– René Barjavel : *L'Enchanteur*, éditions Denoël.
– Carl Gustav Jung : *L'Âme et la Vie*, éditions Buchet/Chastel.
– Robert de Boron : *Merlin*, trad. Alexandre Micha, éditions Flammarion.
– Philippe Walter : *Merlin ou le savoir du monde*, éditions Imago 2000.
– Michel Rio : *Merlin, Morgane, Arthur*, éditions du Seuil.
– Guy d'Amours : *La Figure de Merlin dans les textes médiévaux* : folie ou éveil spirituel ?, dans Ventalouse n°12, mai 1999.

TABLE DES MATIÈRES

Merci à Bernard Lancelot, Francky Pouille, Carine "Morgane", à toute l'équipe du centre Arthurien au Château de Comper et à tous les amis de Brocéliande pour leur soutien et leur amitié...

Direction artistique : Luc Doligez

39, rue du Gouverneur-Général-Éboué
92130 Issy-Les-Moulineaux

ISBN : 978-2-7234-6216-7
Dépot légal : novembre 2007
Achevé d'imprimer en juin 2012 en France par Pollina - L61102
sur papier provenant de forêts gérées de manière durable.